Universale Economica Feltrinelli

Prima edizione nell'"Universale Economica" maggio 1996
Terza edizione settembre 1999

ISBN 88-07-81393-9

ANDREA G. PINKETTS

# IO, NON IO, NEANCHE LUI

Feltrinelli

*Questo libro è per Fernanda Pivano*
*che, pur essendo rigorosamente astemia,*
*ha frequentato i peggiori sbevazzoni della letteratura*
*riuscendo con le sue istituzioni,*
*la sua sensibilità e le sue traduzioni*
*a renderne profumato*
*persino l'alito.*
*Con affetto, Andrea G. Pinketts*

# I.

*Amleto aveva torto marcio. Come il regno di Danimarca. Il problema non è "essere o non essere", il problema è "essere o malessere". Sembra facile scegliere. Chi è quel fesso che sceglierebbe consapevolmente "malessere"? La cosa si complica. Gli esseri (ci risiamo) sensibili provano inevitabilmente il "malessere". Un disagio orripilante, come avere una murena che divora un pulcino all'interno del tuo stomaco. Dunque l'unico modo per non provare malessere è sì "essere", ma essere qualcun altro. Anni fa volevo essere me stesso, tutto sommato mi piaccio abbastanza, senza provare malessere. Mi rivolsi a un'analista transazionale. L'analisi transazionale, messa a punto da Eric Berne nel '64, ha l'obiettivo di raggiungere un'apertura nei sentimenti propri e altrui, apertura resa possibile dalla consapevolezza che esistono partite da giocare e ruoli da interpretare. Tre stati dell'Io (Genitore, Adulto e Bambino) giocano a nascondersi. Compito dell'analista è far comprendere al paziente dove si sono nascosti, e dopo averli individuati metterli in riga per ottenere un copione positivo (*Mezzogiorno di fuoco *per Gary Cooper). Una personalità sana è quella in cui il controllo è mantenuto dal Genitore che è tuttavia indulgente con il Bambino e tiene saldamente in suo potere l'Adulto. Se non avete capito un cacchio perché vi rifiutate di leggere non solo tra le righe ma anche le righe, vi consiglio di entrare in analisi. Dal 1988, la dottoressa B (un caso patologico) si occupava di me. Ad altri suoi pazienti faceva improvvisare racconti orali su parole-chiave, che so, "serpente" e "io". A me, che ero letterariamente più dotato, li faceva scrivere.*

*Alcuni di questi racconti hanno vinto dei premi letterari in denaro. Coi premi mi tiravo su il morale, con il denaro pagavo la terapia. Adesso parliamo di tutto, non solo di me. Anzi, le ho proposto di scrivere dei racconti su alcune parole-chiave, che so, "serpente" e "io"...*

*La dottoressa B ha trasferito il suo studio dal centro a via Mac Mahon. Il centro è più bello, come le sue commesse. Quando sono depresso prendo un appuntamento. Dopo un'ora di seduta esco nuovamente sereno. Esiste però un percorso perverso. Per raggiungere via Mac Mahon devo prendere la 90, l'autobus più deprimente della città. Facce tristi come una circonvallazione. Arrivo dalla dottoressa col morale a terra, lei mi rinfranca. Esco giubilante ed eccola lì, la maledizione; devo riprendere l'autobus in senso opposto. Torno a casa che sono uno straccio.*

*Non abbiamo più argomenti, ci conosciamo a menadito. In sala d'aspetto, mi incuriosiscono i suoi pazienti. Le chiedo: "Mi parli di quel grassone coi calzoni alla zuava".*

*"Non posso, segreto professionale."*

*"Ha ragione. Io però non ho segreti professionali eppure molte persone arrivano al mio studio, alcune in sogno, altre quando ho gli occhi aperti. Più che persone sono personaggi. Riempiono i fogli bianchi che fanno da pareti al mio studio. Se crede, visto che abbiamo un'ora da perdere, le parlerò di qualcuno di loro..."*

## *La signorina e l'accalappianani*

Secondo un'antica leggenda (peraltro inventata in questo momento) si narra che, quando l'uomo che si crede, che si fa credere un gigante, precipita rimpicciolendosi sino alla propria statura morale, incontra la propria nemesi: l'accalappianani.

L'accalappianani, il terrore degli ex grandi uomini, non è, sempre secondo la leggenda, un angelo vendicatore, un giustiziere della notte, un punitore diurno, un divorante rimorso mattutino. Macché. L'accalappianani se ne frega di fare giustizia, non ha motivazioni morali. L'accalappianani si limita a fare il proprio lavoro. Lo fa bene, ma senza particolare coinvolgimento. È un'affettatrice che riduce una robusta mortadella persino più sottile di un'ostia.

Così i potenti, gli imponenti, i tronfi, gli iper, i super, che spariscono improvvisamente dal bislacco palcoscenico su cui hanno riscosso applausi, corre voce siano catturati dall'accalappianani che, con una retina poco più grande di quella di un entomologo, li conduce all'oblio definitivo. Forse, peggio della morte. Sempre assecondando i dettami di un detto mitologico mai scritto, il fatto era che, quando qualcuno calava di peso, di stazza, di tutto, a farlo diventare nessuno, nonostante le proteste, nonostante le preghiere, era sempre lui, il diabolico, l'angelico, l'inarrestabile accalappianani.

Dalla nascita della leggenda comunque, ogni grand'uomo prima o poi finiva col rabbrividire. E non per una corrente d'aria. Non per uno spiffero improvviso. Non per altro vento. Era semplicemente il richiamo imperioso dello sbatacchiare della retina dell'accalappianani, che andava in cerca di nuove farfalle. Che un tempo erano state, e ora erano, solamente bruchi.

"Se ogni villaggio ha il suo scemo, figuriamoci una città come Milano," pensava Nina leggendo i necrologi. Il senatore era morto. Achille non era più. Ma la cosa che tormentava Nina non era il divorante dolore causatole dall'assenza dell'unico uomo che avesse amato e a cui era stata devota. No. A tormentare, a infastidire Nina non era nemmeno l'ipocrisia dei necrologi. Né addirittura la mancanza dei necrologi degli ex amici, che avevano abbandonato la barca al primo avviso di garanzia. A infastidire Nina era la stupidità.

Achille, prima delle recenti imbarazzanti vicende, era stato nominato senatore a vita. Nina ne era orgogliosissima: il più giovane senatore a vita del paese. Ora però a roderla era il fatto che un ennesimo idiota, addolorato della scomparsa, parlasse nel necrologio della morte del senatore a vita.

Dal momento in cui era morto, Achille, essendo il suo titolo di senatore a vita e non di senatore per l'eternità, evidentemente non era più senatore.

Nina si tormentava, si struggeva, appollaiata su una poltroncina del Caffè Cova di Milano in via Montenapoleone. La sala da tè, che ospitava carampane ingioiellate, aspiranti gigolo e qualche giapponese, le riservava un trattamento di favore con tanto di poltroncina personalizzata in velluto color negroni (Nina prendeva il negroni coi pasticcini, altro che tè).

Il motivo della deferenza dei camerieri nei confronti di Nina adesso era morto e sepolto: si chiamava Achille.

Nina ne era stata l'ombra. Un'ombra anomala, tanto più piccola dell'originale Achille che era alto almeno un metro e novanta. Un'ombra particolare comunque, che non si materializzava solo al sole dell'avvenire, ma esisteva, trotterellava alle spalle di Achille anche quando pioveva, anche quando grandinava. La segretaria del senatore. Il filtro del senatore. Nina, così controllata, così apparentemente imperturbabile, stava scoppiando dal dolore e nessuno al Caffè Cova se ne accorgeva. L'unica cosa di cui chiunque si accorgeva non aveva a che fare con i sentimenti di Nina: Nina era una nana.

*L'accalappiananani sa ogni cosa delle proprie prede*

Essere un nano è già di per sé un involontario biglietto da visita. È un biglietto da visita grande come un francobollo sul cui retro qualcuno ha scritto una parola oscena: compassione. Essere nana e chiamarsi Nina era poi una beffa che complicava il danno.

La famiglia di Nina era di estrazione modesta. La madre veniva dal vercellese. Non avendo avuto i numeri per fare la mondana aveva ripiegato su un mestiere più umido e aveva fatto la mondina in una risaia. Così raccontava il padre di Nina, un tornitore alcolizzato con un bizzarro senso dell'umorismo (era stato lui a scegliere il nome Nina).

Il genitore, la sera all'osteria, mentre gli altri avventori guardavano da un gigantesco televisore le caduche campionesse di "Lascia o Raddoppia", borbottava il suo strascicato repertorio di facezie in un soliloquio che solo Nina, seduta sulle sue ginocchia, era usa ascoltare.

"Porcomondo... io faccio il tornitore, vaccaboia. Per questo mi piacciono ben tornite...," diceva guardando una tettuta tabaccaia che imbarazzava per avvenenza un giovanissimo Mike Bongiorno "nel" televisore.

Non appena Nina era cresciuta (non che fosse cresciuta di molto, del resto) aveva abbandonato i genitori senza una lacrima, senza un sorriso. D'altro canto, sin dai tempi di "Lascia o Raddoppia" era abituata a tenersi tutto dentro.

Così si era scelta una città: Milano. Milano era grande, al contrario di lei, ma anche Milano si teneva tutto dentro o, quantomeno, si teneva dentro di tutto. Nina voleva la sua fetta di quel gigantesco panettone farcito di immigrati.

Nina nel suo piccolo osservava, prendendo diligentemente appunti. Nei giovani del '60 vide il boom che faceva ingrandire le banche e sembrava aggiungere quotidianamente al Duomo nuove guglie. Poi vide il boom della Banca dell'agricoltura, quando da piazza Fontana zampillava sangue.

Nina capì l'importanza dell'osservazione. Immagazzinava eventi limitandosi a registrarli, senza l'ostacolo della partecipazione emotiva.

Nel '69 l'uomo arrivò sulla Luna. Nessuno prestò attenzione a lei che era sulla terra, raso terra. Studiò. Si impadronì di altre informazioni. Per pagarsi gli studi spacciava eroina. Imperturbabile, lucida, fredda, non provava alcun rimorso. "Se un idiota vuole suicidarsi, il mio intervento è comunque infinitesimale sulla statistica."

I suoi clienti la chiamavano "la Nana", una realtà oggettiva che non poteva turbarla. Come nulla, del resto. Quando un tale tentò di prendere il suo posto dopo averla fatta malmenare al parco Lambro, Nina si rialzò sanguinante e facendosi fare la scaletta da una battona sua amica compose un numero da una cabina telefonica. Nina sapeva tutti i numeri telefonici di Milano e provincia. Ma soprattutto sapeva quelli giusti.

Due giorni dopo quel tale faceva la fine di una perla falsa. Lo ritrovarono in un bidone della spazzatura. Nina si laureò a pieni voti. La malavita non le serviva più. I chiassosi Vallanzasca e Turatello sparacchiavano per Milano come bambini convinti di giocare a indiani e cowboy. Puerili. La delinquenza è una forma infantile di criminalità. Gli adulti preferiscono la politica.

*L'accalappianani conosce anche gli amori delle figure che sta per ghermire*

Con la politica arrivò l'amore. Non subito naturalmente. Ci volle del tempo perché Achille la notasse. Ma Nina lo notò subito. Achille era bello come un antico romano. Ne aveva il piglio, la fierezza e persino una certa debosciata aura di lascivia. Guardarlo significava pensare: "Visto che quest'uomo me lo metterà nel culo, tanto vale che sia io a offrirgli la vaselina".

Ma Achille il brillante, Achille l'incantatore di serpenti, Achille il promettente, aveva un solo difetto: se stesso. In certi momenti, quando avrebbe dovuto afferrare le redini, il cavaliere veniva assalito da una vaga, languida, orgasmatica forma di abulia e rinunciava alla corsa accovacciato tra i molli cuscini della propria pigrizia. "Che spreco – pensava Nina – ... un così bel capopopolo, che anziché vivere vivacchia, che anziché far riempire di sé le prime pagine si limita a leggere *Diabolik* alle riunioni del consiglio di zona." Nina l'avrebbe reso diabolico.

Si presentò all'ufficio di Achille, un bilocale in via Pagliano, dietro la Fiera Campionaria. Achille la guardò entrare trattenendo uno sbadiglio. "Buongiorno signorina. È qui per iscriversi al centro L'HANDICAP NON È POI LA FINE DEL MONDO, È L'INIZIO?" Achille era orgoglioso dei propri slogan. Peccato che avesse l'handicap del vuoto programmatico.

Nina non si offese, anche se non aveva mai pensato a se stessa in termini di handicappata. "No, sono qui per darle il mondo. Ci vorrà del tempo ma combineremo con Milano."

Achille la guardò. Quel ragnetto dai capelli ricci aveva nello sguardo una luce fredda, tagliente. Si fece attento. Pensò: "Questa non è la solita fissata a cui spremere un centomila e da mandare in giro a distribuire volantini".

Nina, fissandolo, parlò: "Lei ha tante doti, ma le manca il polso. Io sarò il suo polso". Achille, abitualmente diffidente, le credette subito, senza esitazioni. "E cosa vuole in cambio?" "Lei sarà le mie gambe, sarà il corpo, il viso, la voce che non ho. Io e lei saremo indissolubili. Finché morte non ci separi." "Mi suona tanto come vendere l'anima al diavolo." "Non sia sciocco. Cosa vuole che se ne faccia il diavolo di un'anima sola. Il diavolo, se ha bisogno di anime, va al supermarket. Lì è pieno di anime in vendita. Non voglio la sua anima, voglio il suo corpo. No, non per storie di letto. Voglio il suo corpo per poter essere la sua ombra."

Cominciò così la stagione dei ricatti. Grazie a tutte le informazioni accumulate, Nina fornì ad Achille un tappeto di velluto rosso da frapporre tra i suoi piedi e i segreti altrui.

Ricatto. Che parola magica. Altro che *supercalifragilistichespiralidoso*. I ricattati si facevano da parte e lasciavano passare Achille. Il ricatto è un modo disonorevole per diventare onorevole, ma una volta che sei onorevole il disonore resta alle spalle, gettato via come sale dopo gli scongiuri.

Da via Pagliano Achille trasferì il proprio ufficio in piazza del Duomo. Andava abitualmente a colazioni d'affari col sindaco e nessuno dei due pagava il conto.

Gli anni ottanta non furono gli anni dell'aerobica, di Rambo, degli stilisti. Macché. Gli anni ottanta furono gli anni di Achille. Achille cresceva, cresceva. E Nina, ombra nell'ombra, archiviava sporcizia. Lustrava i pavimenti su cui defecava il suo gigante.

Un giorno Achille convocò Nina. "Vedi Nina, è imbarazzante chiedertelo così, ma un uomo a un certo punto della propria vita sente la necessità del matrimonio..."

Nina, l'imperturbabile Nina, Nina, oh, che gelida manina, provò: un fremito. Per un secondo osò ciò che non aveva mai osato. Osò sperare.

Achille continuò: "Ecco Nina... vorrei che tu – Nina fu catapultata in paradiso – ... vorrei che tu mi trovassi una moglie... alla mia altezza, beninteso". Nina ripiombò nell'inferno di ghiaccio in cui era sempre vissuta. Però gli trovò una moglie. La contessina Dorata Delle Palme, una bellezza sovrappeso, ricca da far schifo, che, per farsi perdonare i privilegi ereditari, organizzava pesche di beneficienza. Che bella coppia erano lei e Achille. Lui pletorico, charmant, spiritoso, lei elegante nella sua taglia forte e cerulea nello sguardo.

Nina soffrì con silenziosa efficienza. Non serbò rancore ad Achille. In fondo gli aveva mentito quando aveva detto di accontentarsi del suo corpo. Ciò che voleva era la sua anima. E ce l'aveva. L'anima di Achille, nel piccolo cuore, nel cuoriciattolo di Nina, le aveva permesso di vivere il grande amore. Non ricambiato, naturalmente. Ma i veri grandi amori non sono mai ricambiati. Un amore a senso unico, il tuo, può continuare all'infinito. Un amore ricambiato è come avere due orologi. Uno dei due, prima o poi, perde qualche colpo. Dorata detestava Nina. Nina, non provando sentimento alcuno nei suoi confronti, si limitava a una controllata vendetta procurando ad Achille amanti su amanti. Achille copulò con mezza Italia. All'altra metà lo mise nel culo.

Comunque, dopo che Achille aveva scopato, Nina gli rifaceva il letto.

*L'accalappiananani cala all'improvviso e, zac, sei nella rete*

Poi arrivarono i guai. Una piccola falla e, addio diga. Cominciarono gli arresti. Uno dopo l'altro, i tracotanti membri della corte di re Achille cominciarono a sparire. Alcuni furono semplicemente arrestati, ma altri proprio sparirono.

Achille convocò Nina: "Cosa ne sai della leggenda dell'accalappiananani?". Nina, una volta tanto, non ne sapeva nulla. Achille ne fu sorpreso. "Ah, Nina, Nina... una volta tanto ne so io più di te. Il Barigazzi, ce l'hai presente, no?, quello delle discariche, un pezzo d'uomo... qualche tempo fa mi ha telefonato dicendo che stava rimpicciolendosi. Pensavo fosse un delirio da cocainomane, e invece... sua moglie mi ha detto che ha visitato tutti gli specialisti, ma non c'è stato nulla da fare. L'ultima volta che l'hanno visto era alto ottanta centimetri. Poi... nulla. Un tale con una rete da farfalle è stato visto nei paraggi. E Gigio Bussinaschi... *the same, istess*. Lui non è mai stato alto, portava persino i tacchetti invisibili all'interno delle scarpe. Ma da un metro e sessanta a sparire... c'è una certa differenza, ne converrai. E allora Nina... ho paura. Io non sono superstizioso, bada bene, non credo ai vampiri, conosco altri tipi di sanguisughe, ma ciò che mi impressiona è che tu, Nina, proprio tu che sai tutto, non ne sappia niente." Nina incassò. Nei giorni successivi cercò di raccogliere informazioni sull'accalappianani. Ma al di là di una serie di imbarazzanti paure, il risultato fu nettamente insoddisfacente.

Nel frattempo Achille si abbassò. Cominciò coll'abbassare la cresta, un effetto della paura, ma nel giro di una settimana, dal suo metro e novanta era calato al metro e ottantacinque. Tempo un mese e Achille arrivò al metro e settanta in discesa libera.

Nina, apparentemente imperturbabile, finse di non preoccuparsi per non preoccuparlo. Gli avversari politici di Achille diedero il via a una insidiosa campagna stampa facendo pubblicare dai giornali degli "amici" foto che testimoniavano il calo di Achille. Nessuno ammetteva di credere all'accalappianani, ma il rimpicciolirsi veniva strumentalizzato come un marchio di Caino, una sorta di lebbra elettorale, un aids politico.

Achille non usciva più di casa. Dorata chiese la separazione e andò a vivere con uno skipper.

Un pomeriggio, un lungo tristissimo pomeriggio di inizio estate, Achille convocò Nina. Nina, che non lo vedeva da un mese per volontà di Achille, lo scoprì alto un metro e quarantotto. Achille le parlò e per la prima volta nella sua vita fu totalmente sincero.

"Guardami, Nina. Tra poco, se vado avanti così, sarai più alta tu. Lo so che sembra strano, questa iattura non mi sta rimpicciolendo, mi sta ridimensionando. Io che mi credevo invincibile, ho scoperto non solo di avere il mio tallone di Achille, ma anche che tra poco sarò alto come il mio tallone. Allora arriverà l'accalappianani e sparirò. Ormai non ho più neanche paura. Una volta tanto sono preoccupato per te. Tu sei nana, Nina, non neghiamolo. Quando l'accalappianani arriverà per te, non farai nemmeno in tempo, non dico a pentirti, ma nemmeno ad accorgertene. Tu hai fatto talmente tanto per me che mi sento di dirti: 'Dimentica'. Dimentica tutto ciò che sai, tu che sai tutto di tutti, sparisci tu, prima che ti faccia sparire un altro. Questa città è il suo territorio di caccia. Vai via. Forse per sfuggirgli basta andare a Lodi, ma io ti ho prenotato un aereo per Zanzibar. Vai e ... grazie di tutto."

Nina, fredda fuori ma con dentro un vulcano, disse solo: "Prego".

*L'accalappianani non ha un'identità fisica, si presenta sotto diverse vesti, può essere chiunque ti si avvicini*

Achille, senatore a vita, sparì. Scomparve. Tutti finsero di credere che era morto. In realtà era stato accalappiato. Nina non partì per Zanzibar. Si occupò delle esequie.

Come si fa a seppellire un corpo che non c'è? Semplice: si prende un altro corpo. Nina fece trafugare dall'obitorio, grazie a certe sue conoscenze, il cadavere di un certo Marinoni Egidio.

Egidio Marinoni era stato un bell'alcolizzato di un metro e novanta, vagamente simile all'ex senatore a vita. Nessun parente ne aveva reclamato la salma in quanto i familiari gli avevano tolto il saluto, compreso quello estremo, emigrando in Argentina. Al funerale, Marinoni Egidio fece un figurone. Da vivo non gli era mai riuscito. Nina così salvò l'onore di Achille.

"Il senatore rimpicciolito sino a sparire, catturato dall'accalappianani? Calunnie! Guardatelo Achille, com'è bello anche da morto. Gli manca la parola, lui che di parole ne ha dette tante..."

Nina riuscì a vanificare la campagna denigratoria degli avversari politici di Achille. Persino l'ex moglie, quella zoccola di Dorata, si presentò in gramaglie con lo skipper a rimorchio, in gessato blu. Dopo il funerale, Nina si sentì stanchissima. Assediata dai giornalisti asfissiata dagli ex compagni di ventura di Achille che volevano tutelarsi, pressata dai magistrati che ne volevano carpire i segreti. Dal giorno successivo al funerale prese a frequentare il Caffè Cova in Montenapo. Prima, quando Achille era vivo, non ne aveva mai avuto il tempo.

Tutti sapevano chi era, per quanto avesse sempre cercato di passare inosservata. Non un muscolo facciale tradiva il suo dolore, né la tradivano i negroni che beveva come un cammello. Per tutti era "la signorina", la nubile depositaria dei segreti di una città purulenta, che senza essere melmosa come Venezia stava sprofondando come Atlantide.

Anche quel giorno, al Caffè Cova, Nina si era ingollata, uno dopo l'altro, una mezza dozzina di negroni; in realtà era convinta di averne bevuti solo tre. Gli altri tre, quelli di cui non teneva il conto, li aveva bevuti Achille per interposta persona. Tutto si riduceva a un brindisi con Achille. Tre negroni per Nina, tre negroni per Achille, sei rossastri beveroni giganteschi nel minuscolo corpo di Nina. I conti non tornano mai.

Nina si stava chiedendo, quando l'accalappiananani sarebbe arrivato per lei, che aspetto avrebbe avuto? Ogni tanto distoglieva lo sguardo ormai opaco dai sei bicchieri vuoti e occhieggiava circospetta. Che l'accalappiananani fosse quell'azzimato capocameriere che controllava il tintinnio della tazza da tè come un direttore d'orchestra? Che l'accalappiananani fosse, invece, quel giapponese nell'angolino, concentrato sui pasticcini come se fossero scacchi? Un ragazzone si avvicinò al tavolo di Nina. Venticinque anni a occhio e croce, e una bellezza sfacciata, impudente.

"Posso?" "Prego." "È da un po' che la osservavo, signorina, e mi chiedevo..." "Quanto?", lo interruppe Nina che era una donna pratica. "Non capisco..." "Capisci benissimo. E io capisco ancora meglio. Bastano centomila lire per una passeggiata?"

Il giovanotto ammutolì. Nina lo studiò. Per essere l'accalappiananani aveva un bell'aspetto. Ma forse la morte si fa bella. O forse, più semplicemente, il ragazzo era solo un gigolo. Il blazer blu, i pantaloni grigi, la camicia bianca e la cravatta regimental, non fosse stato per il suo sorriso poteva sembrare un bravo ragazzo. Ma i bravi ragazzi sorridono malissimo.

Per centomila lire il ragazzo l'accompagnò da via Montenapolone a Porta Venezia, al Planetario nei Giardini pubblici. Non si scambiarono una parola, tutti e due vagamente imbarazzati. Nei giorni che seguirono, la passeggiata diventò un rito officiato da centomila lire quotidiane. Nina aspettava che l'accalappiananani facesse la prima mossa. Il ragazzo la scortava in silenzio. Dopo una settimana il silenzio gli divenne intollerabile e di fronte, di fianco al mutismo di Nina cominciò a parlare.

"Mi chiamo Paride..." Nina sussultò. Dopo Achille, Paride. Si sentì una troia.

"Scusi se glielo dico, signorina, ma trovo umiliante il suo atteggiamento nei miei confronti. Non nego che un centone al giorno mi faccia comodo, ma portarmi in giro come un cagnolino... – guardò Nina e si corresse – ...voglio dire, come un alano... senza parlarmi mai... senza nemmeno chiedermi come mi chiamo... mi fa sentire peggio che in vendita." "Tutti siamo in vendita... – commentò Nina – solo che, pur vendendoci tutti, non tutti ci vendiamo per denaro. A volte ci regaliamo, ma il nostro prezzo comunque è in valute diverse."

Il ghiaccio venne rotto nel negroni. La strana coppia, nell'arco di un mese passò al "tu". "Vedi Nina, vorrei che tu smettessi di pagarmi le nostre passeggiate. Un mese fa ti accompagnavo per denaro, ma adesso... ho imparato a stimarti. Non ti conosco bene, tu dai l'impressione di tenerti tutto dentro... ma quel poco che esce mi piace e...," la giornata finì che Nina e Paride camminarono, con Paride di sghimbescio, mano nella mano.

Si vedevano un paio d'ore al giorno, poi Paride spariva. Nina si domandava se, durante le sue assenze, Paride continuasse la propria attività di gigolo o piuttosto continuasse la propria caccia come accalappianani. Quelle due orette al giorno, comunque, la rasserenavano. Erano le restanti ventidue ore ad angustiarla. Dov'era Paride? Nel letto di qualche matrona ormai "nonnona" o in una sorta di palestra ad allenarsi con la retina dell'accalappio? Il tempo passava e Nina, che si misurava quotidianamente, non era ancora calata di un solo centimetro.

*L'accalappianani agisce fulmineo senza preavviso*

Si incontrarono da Cova come di consueto. Paride si era messo il gel sui capelli. "Come sto?", chiese a Nina. "Unto," rispose lei, che quel giorno era tagliente. "Credevo fossimo amici" osò Paride. "Io non ho amici. Un amico si vede nel momento del bisogno, no? Ecco: io non ho bisogno di nessuno, quindi non ho amici. C'è gente che ha, che ha avuto, bisogno di me. Di conseguenza ero loro amica. Ma loro non sono mai stati miei amici." "Come sei dura oggi, che ti è successo?" "Nulla.

Ho semplicemente raccolto informazioni. È la sola cosa che so fare meglio di chiunque altro. Ho preso informazioni su di te. Credevo che fossi un gigolo da strapazzo incapricciatosi una volta tanto di una buona azione: fare da cavaliere a una nana per pareggiare il conto con la propria coscienza. Poi ho temuto il peggio, credevo che tu fossi l'accalappianani." "Cosa?" "Lascia stare. È una leggenda metropolitana, come i coccodrilli albini nelle fogne di Los Angeles." "E allora?" "E allora ho scoperto che non ti chiami Paride. Sei Pantaleo Castellaneta in forza alla Digos. Qual era lo scopo di tutte le tue manfrine? Farmi raccontare ciò che so di Achille?... del senatore, intendo."

L'ex Paride fissò Nina negli occhi. Poi ordinò due negroni e cominciò a parlare. "Da principio sì, Nina. Ma è bastato conoscerti per fregarmene della missione. Tu sei migliore di quello che credi. All'inizio volevo tirarti fuori i segreti del senatore. Cercavamo un tuo punto debole. Non avevi vizi, a parte qualche innocente negroni. Abbiamo pensato che tu venissi in questa specie di mausoleo per rimorchiare ragazzi. Io ero l'esca, ma ho capito che ciò che a me interessava tirarti fuori non erano i maneggi occulti del tuo ex datore di lavoro... eri tu. C'è un'amara dolcezza in te che nessuno è riuscito a estrarre dal tuo piccolo, gelido, involucro."

"Cristo, e tutta questa poesia dove l'hai rimediata? Fa parte della dotazione?" chiese Nina sperando con tutte le proprie forze di stare, una volta tanto, sbagliando giudizio. "Sei libera di crederlo, ma non è così. Ho rinunciato a occuparmi di te professionalmente. Mi sono fatto diagnosticare un esaurimento nervoso e mi hanno affibbiato uno di quei compiti che danno agli psicolabili: raccogliere informazioni sui ragazzi del Leoncavallo." Nina sorrise. "In fondo siamo quasi colleghi. Tutti e due ci informiamo per conto delle persone sbagliate."

Fu un sorriso mesto che unì due solitudini in una città piena di gente. Nina fece per pagare il conto. Paride la stoppò. "Se permetti, offro io."

Si incamminarono per la consueta passeggiata ai Giardini pubblici. Fecero sosta al bar Bianco, dove le mamme e le babysitter ingannavano il pomeriggio, e dove il barista ingannava le madri e le babysitter. Ordinarono due negroni imbevibili e Nina, una volta tanto, brindò con qualcuno che non era il fantasma di Achille. L'euforia del negroni le offrì una voluttuosa, luttuosa consapevolezza: l'accalappianani stava per darle una dolce morte. Se un agente della Digos può fingersi un gigolo, perché non potrebbe l'oscuro accalappianani fingersi un byroniano agente della Digos?

Passarono più delle due canoniche ore che dividevano da tempo. Madri e babysitter sciamavano verso l'uscita. Persino il bar Bianco verso sera chiuse i battenti.

Rimasero soli. Nina e Paride. Nina attendeva il momento dell'esecuzione. Paride le disse: "Se chiudi gli occhi ti do un bacio". Nina li chiuse. Sentì il fruscio della retina che stava tagliando l'aria. Riaprì gli occhi di scatto per puro istinto di conservazione. E vide. Vide l'accalappianani. Non era Paride, era un omettino scialbo, di quelli che incontri sul metró e te li dimentichi una fermata dopo.

L'accalappianani, grigio e meccanico, stava per accalappiarla. Paride gli fu addosso. Gli strappò la rete da farfalle e iniziò a tempestarlo di pugni. L'accalappianani era insignificante, ma coriaceo. Raccolse nuovamente il suo "strumento" e si diresse verso Nina. Paride estrasse la pistola e gli sparò.

L'accalappianani barcollò e incespicando all'indietro venne inghiottito dal buio della sera autunnale: forse, il cimitero degli accalappianani.

*Happy end*

Nina e Paride non si lasciarono più. In compenso lei lasciò la politica e lui la Digos.

Vivono felicemente rapinando banche con lo pseudonimo un po' consumato di Bonnie e Clyde.

*Vero finale*

Quella sera Nina portò per la prima volta un uomo nel suo appartamento di via San Marco. Aver scoperto che Paride non era l'accalappianani ruppe la diga che l'aveva frapposta a quelle cose del mondo degli uomini che si chiamano sentimenti. E non solo sentimenti.

Nina e Paride fecero l'amore. Per Nina, ultraquarantenne, era la prima volta. Paride, salito da lei per un negroni che gli permettesse di riprendersi dalle emozioni di una giornata (lui) e dalle emozioni riposte di tutta una vita (lei), scoprì di desiderarla; Nina era nana, certo, ma nonostante l'età non più primaverile, era proporzionata e carica di una forza che, una volta sprigionata, nessuno poteva più contenere.

Prima del sesso, Paride si scoprì a interrogarsi sulla veridicità dell'adagio "donna nana-tutta tana" di cui aveva sempre sentito favoleggiare. Una volta appagato si addormentò come un bambino. Nina con gli occhi sgranati guardava il soffitto. Questo era, forse, l'amore corrisposto. Due corpi che sudano d'inverno come se fosse estate, entrambi convinti che sia primavera. Achille era ormai lontano. Nina aveva subito tutto perché non conosceva il resto. Ma ora che l'aveva conosciuto non era disposta a perderlo. Non poteva permettere che il tempo facesse ammuffire l'amore. Voleva tenersi per sempre quell'attimo, quell'apoteosi, quell'eruzione di sensi e sentimenti sino ad allora impensabili.

Conosceva un solo modo per fermare il tempo per sempre, per rendere quel presente immarcescibile.

Andò in bagno, montò su uno sgabello e dal ripiano su cui era visibile un nécessaire prese il rasoio a mano con cui si depilava le gambe. Smontò dallo sgabello, raggiunse Paride sul letto e gli tagliò la gola. Poi, felice, irrefrenabile, libera e bagnata del sangue di Paride, attese.

## II.

DOTTORESSA B: *La vedo allegro.*

IO: *C'è sciopero dei mezzi, ho evitato la 90, sono venuto a piedi.*

DOTTORESSA B: *Perché non mi scrive un racconto. Una parola potrebbe essere autobus e l'altra...*

IO: *Multa. Non pago mai il biglietto. No, ho due parole migliori. Nobel, le piace?, e fame.*

DOTTORESSA B: *(prendendo appunti): Interessante. Chi altro è venuto a trovarla?*

IO: *Sa com'è, la mia vita è affollata. Come un autobus.*

### *Bassi appetiti*

Fame. Non ho detto appetito. Dico proprio fame. Quella che ti avvinghia con delle ganasce a volte mosce come galosce. Fame. Quella che fa sì che un bambino del Biafra diventi uno spettacolo inguardabile in televisione e soprattutto allo specchio. Fame. Quella del Conte Ugolino, quella del Visconte di Bragelonne, quella dei conti aperti. Fame.

Ne aveva ben donde. Era digiuno da quarantott'ore. Per una serie di circostanze avverse Calindo Melone, poeta argentino di origine italiana nonché premio Nobel per la letteratura, non era riuscito a rifocillarsi. In aereo l'hostess che serviva i pasti non aveva voluto turbare il suo sonno. All'aeroporto di Barcellona il bar era chiuso per sciopero. Quattro del mattino, ristoranti chiusi, Melone si era fiondato in un night per addentare qualcosa. *Mala suerte della mala suerte*. Proprio in concomitanza con la sua entrata il cuoco era stato arrestato per spaccio di stupefacenti. *Mierda*. Il night, sigillato come il suo stomaco. Melone a cinquant'anni aveva ancora l'appetito di un boscaiolo, come denunciava il suo bel panzone. L'autore di *L'attesa*, al di là del titolo delle sue liriche, non aveva pazienza. Insofferente a qualsiasi coda, anche a quella dal barbiere, si era fatto crescere una bella barba, precocemente incanutita. Possente, barbuto, un po' sformato dall'uso e privo di un occhio, somigliava a Wotan, Mister Vahalallah. Era orbo del sinistro in seguito a una colluttazione con un gatto, a cui il buon Melone, ancora bambino, aveva cercato di estrarre una spina dalla zampa. Bella riconoscenza. Basta con le buone azioni, basta con l'azione, meglio "l'attesa". E infatti con *L'attesa* aveva vinto il Nobel. Tournée in tutto il mondo. Applaudito e nutrito dai suoi vari editori locali. Con la poesia non si mangia, con il Nobel alla poesia sì. Al mattino, in fretta e furia, era partito per Milano. Un caffè in aereo mentre la fame cresceva. Una volta giunto all'aeroporto di Linate, prima che potesse avviarsi al bar per un tramezzino, era incappato nel solerte ufficio stampa del suo editore italiano che lo aspettava con un cartello su cui era scritto il suo nome: "Calindo Melone". Cercò di spiegargli che aveva fame. Calindo Melone era in notevole ritardo per la conferenza stampa, mentre i morsi alla bocca dello stomaco facevano scempio delle carni di quel nobile spirito. Un'auto stile dittatore sudamericano lo condusse nel palazzo patrizio in cui tanti, troppi giornalisti lo attendevano. Tutti quegli scribacchini si erano preparati un fuoco di fila di domande. Domande che lo separavano dal buffet. Ognuno di loro inanellava una serie di dotte citazioni da *L'attesa*. C'erano vecchi barbogi, squinzie incartapecorite, gracili quarantenni dal naso a becco. Neanche una "guapa" da mangiarsi con gli occhi. Sul tavolo a cui era disperatamente legato, un microfono e una bottiglia di acqua minerale. Se la scolò per placare la fame. La cosa andava per le lunghe: "Maestro quando in *Camaleonti*, uno dei momenti più alti de *L'attesa*, lei scrive: 'Cambio pelle ma conservo le palle', vuole alludere all'impossibilità del poeta a estraniarsi dalle proprie radici?" – Radici. Erbette. Aveva tanta fame che si sarebbe ridotto a brucare. L'addetto stampa visibilmente compiaciuto. L'interprete rinfrancato dall'opportunità di rendere in italiano le parole di un genio e quella genia di imbecilli antiestetici con le loro domande alla cazzo di budda. Bella compagnia. Lui era un sognatore e infatti sognava a occhi aperti paté de fois gras, involtini, paella, prosciutto di Praga, prosciutto di Parma, pizza napoletana, scampi e calamari, polipi, polpettoni, angurie e, perché no?, un bel melone. Quando le proteste dello stomaco si fecero più insistenti, quando capì che "l'attesa" si era fatta troppo lunga, gridò, interrompendo un prolisso stracciapalle: "Ho fame, fame, fame, fame *por todos los santos*!" Il pubblico equivocò. I presenti, convinti di assistere a un reading fuori programma, a un'improvvisazione del maestro, incominciarono ad applaudirlo. Fu un'ovazione. Si alzarono in piedi. Melone non ci vedeva più dalla fame. Ai tempi dei suoi primi componimenti era ancora convinto che la poesia fosse la cosa più importante al mondo. Successivamente, nel periodo della persecuzione politica, si era orientato sulla "libertà" come faro nella nebbia oppressiva dell'oppressione. Infine, quando il momento storico aveva, soleggiando, squarciato le nubi, Calindo Melone era riuscito ad acquisire una certezza: la cosa essenziale è la figa. Che sbagli... che sviste. Prova a mangiarti la poesia, la libertà... impossibile. Quanto alla figa, qualche serial killer cannibale ci aveva anche provato, ma per ciò che ne sapeva lui, più che sfamare, "quella cosa lì" serviva a celebrare un rito perverso di iniziazione al piacere rimandato dall'autodistruzione. L'unica cosa che conta è il cibo. Per il cibo si può anche uccidere. Uccidere per amore, per odio, per denaro, è immorale. Uccidere per fame è legittimo. Urlò di nuovo la propria rabbia impotente: "Voglio mangiare qualsiasi cosa! Pane, crostacei, anche salsicce di carne umana". Lo scroscio continuava. Il maestro crollò, si accasciò sulla sedia. Il pubblico tornò a sedersi e, gratificato dalla performance, riprese a porre domande. Melone era quasi rassegnato. Le forze lo avevano abbandonato. La conferenza stampa continuò: il suo corso. Gonfio di tre litri d'acqua minerale, Melone contemplava voglioso le bottiglie vuote. "Se solo fossi un fachiro", pensava, immaginandosi i succulenti cocci masticati con gusto. Ma non era un fachiro. Era solo un poeta. Dopo una quindicina di interminabili sproloqui su *L'attesa* finalmente venne il momento del buffet. La barriera umana si frapponeva fra Melone e il rinfresco, gente che voleva stringergli la mano, altra gente che spazzolava via tutto. Quando finalmente, dopo mezz'ora di convenevoli, reggiunse i tavoli, tutto il ben di Dio era sparito. Per questo esiste l'ateismo. Neanche una briciola. Era rimasta solo una bottiglia di vodka. Melone se la scolò per dimenticare che stava morendo di fame. Lo caricarono barcollante su una limousine. Direzione: casa editrice. Nell'elegante palazzo del centro, caricandoselo in spalla (l'ascensore era guasto) lo portarono al quarto piano. Si addormentò. Lo misero a dormire su un altro ennesimo tavolo non imbandito. Ogni tanto qualche redattrice, entusiasta della sua opera, faceva capolino, lo guardava tenera e commentava: "Il sonno del poeta" citando Chagall. Poco contava che russasse come un marinaio fradicio. "Sembra un bambino." Alle sei del pomeriggio incominciarono a sbaraccare. "Lo svegliamo o non lo svegliamo?"

"Macché, lasciamolo dormire... chissà cosa sta sognando?"

"Metti che lo interrompiamo nel bel mezzo di un sogno fantastico. Sarebbe un poema onirico sprecato, ti pare?"

"Sì, vabbé, ma qui bisogna andarsene. Facciamo così: gli lasciamo l'invito per la cena in suo onore. È più discreto. Fingiamo di ignorare di sapere che è un ubriacone, magari non gli fa piacere."

Lo lasciarono dormire così. Non senza aver acquistato un enorme mazzo di rose multicolori cui avevano accluso l'invito. Dormirono. Lui e le rose, inconsapevoli delle reciproche presenze, ma vicini, vicini come due amanti appagati.

Fame. Ancora lei. Aspettava il risveglio. Lì, in agguato, come un creditore. Fame affamata di te, della tua fama. Fame possessiva, gelosa della vodka con cui te la sei spassata cercando di dimenticarla. Fame arrabbiata contro la tua nausea dei postumi di sbornia. Fame che ti divora come un cancro, un buco nello stomaco che per ripicca vuole bucare te. Calindo Melone riaprì gli occhi e la vide come se si fosse materializzata. Viva, vera, vergine, assoluta. Poi si accorse del biglietto d'invito per un dinner party in suo onore e osò sperare di placarla.

"L'attesa" finalmente sarebbe finita.

La casa editrice era deserta, a parte una receptionist addormentata su un libro di Andrea Pinketts. Mai sentito. Ma Melone non si preoccupò granché di quell'incauta bambinaia per il suo sogno adulto. Aveva in mano il biglietto d'ingresso per il paradiso. Scese i quattro piani di scale e uscì all'aria aperta. I bar lì intorno erano tutti chiusi. Rinunciò all'idea di uno stuzzichino e s'avviò a passo deciso dentro le luci della città. Il Nobel urtò un tale in giacca blu. Si scusarono frettolosamente poiché entrambi avevano fretta, e anche Giacca Blu aveva in mano un biglietto d'invito. Il folle vento del destino, o più semplicemente la forza d'urto, fece sì che gli eleganti biglietti planassero sul marciapiede casual, e Melone raccolse, casualmente, il biglietto sbagliato. Obnubilato dalla fame, non aveva fatto troppo caso alla grafica. Così, anziché raggiungere il ristorante "Il trippone" – la sua salvezza – si fiondò in un teatro dove stava per avere luogo una convention di manager, affamati sì, ma di promozione sociale.

"Un po' pretenzioso per essere un ristorante", pensò divorando i gradini in mancanza di meglio. Una hostess, bella come una mortadella, gli sorrise. Nel foyer gli si presentò l'ennesima teoria di leccornie sfiziose. "Sarà l'antipasto" sperò. Ma quando le sue mani si protesero verso il cibo, l'inflessibile guardiano in giacca bianca gli disse: "Purtroppo, signore, per il buffet deve attendere la fine della convention".

Melone cercò di corromperlo, di commuoverlo, di commiserarlo. Giacca Bianca fu irremovibile, al contrario delle Giacche Blu, così mobili da diventare una corrente che trascinò il grande poeta all'interno della sala. Fu costretto a sorbirsi, sudando, due ore fitte ancorché vacue di marketing aziendale. Il suo italiano basic non gli servì un granché. I termini usati erano rigorosamente inglesi. Quando un critico mesi prima aveva sentenziato: *L'attesa* non avrà mai fine, gli era parso esagerato, pur essendo vanitoso come un pavone. Invece il critico, una volta tanto, aveva visto giusto: l'eterna attesa, una fine senza fine. Per di più un insistente mal di testa, giocava a rimpiattino con la fame, uscendone sconfitto. Dopo altri applausi, sorrisi e cazzoni Tv, le Giacche Blu si avviarono al buffet. Mai Melone aveva tanto solidarizzato con Geronimo, Cochise e compagnia rossa. Eppure rimase inchiodato alla sedia, seduto come Toro Seduto, per debolezza. Quando riuscì ad alzarsi, le Giacche Blu creavano un'invalicabile muraglia fra l'uomo e il suo fine. Balbettò qualcosa, disposto anche a mangiarsi le parole. Venne il suo turno, ma anche stavolta su quell'ennesimo tavolo non restava che il nulla. Il grande vuoto. Cosa vale un Nobel rispetto a un panino al prosciutto? La gloria ha come contropartita un boccone amaro? Magari. Macché. La gloria si nutre di parole altrui, ma non basta. Non basta mai, e non bastò allora. Melone si districò fra belle donne e insignificanti accompagnatori, rifece le scale in salita di corsa (lo sport mette appetito) e tornò in superficie. Anche i bar di piazza Cavour avevano abbassato le serrande. Denti radi di un sardonico diastema. Dopo un popolo di viuzze, il Premio Nobel si ritrovò a Brera, più affamato che mai. Tastandosi il culo ormai smunto attraverso la stoffa dei pantaloni, realizzò che gli avevano zanzato il portafoglio. Dopo aver sondato ogni tasca possibile, Melone cercò l'impossibile. Un marsupio, forse, tra le mutande? *Nada de nada*! Si arrese. Si arrese improvvisamente. Al suo orizzonte apparve un ragazzino. Occhi affamati. Un collega. Melone fu tentato di impietosirlo, di chiedergli un prestito. L'azione alle volte supera il pensiero in velocità. L'adolescente gli puntò all'addome la lama di un coltello.

"Dammi i soldi."

L'autore de *L'attesa*, gesticolò, cercando di dimostrare la sua impotenza. Il *puer* fraintese: aveva più paura di lui. Gli piantò il coltello in pancia e poi, dopo un minuto di attonita, interminabile "attesa", fuggì via, lasciandolo lì, a morire, vuoto come un panino senza salame. O forse come un salame. Senza pane.

I giornali parlarono per mesi della morte del grande poeta. *L'attesa* vendette di più di *Va' dove ti porta il cuore.* Ci mangiarono sopra in molti, ne trassero un film, e trarre un film da un libro di poesia, ammetterete, è dura. L'assassino fu catturato. Era minorenne, un profugo bosniaco. Commosse tutta l'opinione pubblica. Quando gli chiesero perché l'avesse fatto, rispose con gli occhi tristi, semplicemente: "Avevo fame".

## III.

Dottoressa B: *Che bella cera.*
Io: *Sono reduce da molte cene a lume di candela.*
Dottoressa B: *Le solite bellone?*
Io: *Meglio. Una mia ex compagna delle medie. Da piccola era un cesso, adesso una vasca da bagno.*
Dottoressa B: *Il bruco che diventa farfalla?*
Io: *Crede che solo i bruchi diventino farfalle? Si vede che non conosce la mia amica Anatra...*

### *E l'anatra diventò farfalla*

"A" non si chiamava A. E come avrebbe potuto? "A" va benissimo per cominciare l'alfabeto, ma come nome proprio è inammissibile. Nessun genitore battezzerebbe A il proprio primogenito per quanto figlio di puttana possa essere. A come Andrea? A come anonimo? Persino A come Agerònia, una bella farfalla delle regioni calde dell'America, della famiglia dei ninfalidi. Ma mai A come A e basta. A è tronco, la testa di un nome decapitato. L'unico vantaggio e pregio nel chiamarsi A consiste nel fatto che in un mondo in cui gli uomini sono ormai diventati dei numeri, chiamandosi A se non altro si è una lettera.

A, comunque, non si chiamava A. Ironia della sorte vuole che il suo vero nome cominciasse con la Zeta. Zeno? Zoroastro? Zorro? Chi può dirlo. In ogni caso A si chiamava Zeta. AZ: il principio e la fine. Come in tutte le cose, come in tutte le storie, questa compresa.

A si stava annoiando a morte accovacciato dietro la finestra di un assolato palazzo a vetri. La stanza era spoglia, se si escludono A, una teoria di mozziconi di sigarette "forti", il cadavere di qualche lattina di birra e un fucile con mirino telescopico già montato. La finestra non dava sul cortile, dava su una piazza. Una bella piazza con una fontana rappresentante il Minotauro. Dalle narici del Minotauro zampillava acqua potabile.

Tra qualche ora la folla sarebbe arrivata e, tra la folla, acclamato immeritatamente sarebbe comparso il bersaglio. A non si chiamava A, ma il bersaglio, come tutti i bersagli, si chiamava X. A guardò il pacchetto di sigarette cincischiato più per noia che per nervosismo. Poi guardò il fucile e decise che avrebbe smesso. Non sapeva nemmeno lui se di fumare o di uccidere. A apparteneva a quella categoria di persone che per certuni sono dei patrioti, per degli altri dei macellai. Del resto, suo padre aveva una macelleria ad Aix en Provence ed era stato partigiano durante l'occupazione di Parigi. L'unica cosa di Vichy che tollerava era l'acqua, pur preferendo di gran lunga il vino. Così, vuoi un po' per ereditarietà, vuoi un po' perché la vita oltre a essere breve è vuota se non fai tu qualcosa per riempirla, A era diventato un patriota macellaio. Un killer. Aveva riempito la propria vita di attese e di cadaveri.

Ma forse è così un po' per tutti.

Dall'altra parte della piazza B teneva d'occhio A. Da un altro palazzo di vetro (lo stesso architetto?) B avrebbe dovuto liquidare A una volta che A avesse adempiuto il "contratto". C aveva detto a B: "Quell'A non mi piace. È troppo sensibile. Pensa che dal suo dossier ho appreso che una volta, nel '76, ha perfino scritto una poesia".

"Nooo!" aveva ribattuto B cercando di non arrossire, visto che lui continuava a scrivere poesie, sia pure pornografiche.

"Proprio così. È il capro espiatorio perfetto per noi. Lui liquida X, noi liquidiamo lui con pallottole di fabbricazione sovietica."

"E la perestrojka?" aveva chiesto B che pur non leggendo i giornali guardava i telegiornali.

"Chiunque può usare pallottole di fabbricazione sovietica, noi compresi. Ma anche tutti gli altri. Quanto al – disarmo – ci si riferisce ad armi nucleari, non certo a fucili."

B si era convinto. Non ci voleva molto a convincerlo. Bastava pagarlo e le obiezioni parlavano sempre più flebilmente alle sue orecchie a sventola. Poi B non sentiva più nulla, un po' per il denaro, un po' per il cerume: a quel punto cominciava a sparare.

C dopo aver salutato B aveva attraversato la piazza, accarezzato la testa di un bambino e gettato due soldi nella fontana. A Roma, a Fontana di Trevi, nessun suo desiderio si era mai realizzato, ma C era un tipo tenace. Non demordeva mai. Si era fatto un punto d'onore di gettare monetine in tutte le fontane che avesse incontrato girando il mondo. Finora nulla. Ma il mondo è pieno di fontane.

C si ripromise, una volta tornato alla base, di chiedere al computer quante fontane gli restassero, al mondo, da centrare con le sue monetine. L'operazione, alla lunga, era senz'altro dispendiosa, ma per coprire le spese C si era imposto di non lasciare mai mance ai camerieri, di non fare mai regali a San Valentino. Del resto per lui San Valentino, più che la festa degli innamorati, evocava il massacro di San Valentino, il 14 febbraio del 1929 quando Al Capone, beato lui, era entrato nella leggenda, al contrario di C costretto per lavoro a un'anonima poco meritocratica clandestinità.

C si sentì battere una mano sulla spalla e rabbrividì. Si girò pronto a tutto, specialmente al peggio, e si trovò di fronte al padre del bambino che aveva distrattamente accarezzato. L'uomo era a un tempo gentile e imbarazzato.

"Signore, ehm, ehm. Le è caduto questo." Il padre del ragazzo porse a C un toupet. C divenne rosso rosso. Si toccò in testa e dopo aver certificato che il suo cranio calvo era imperlato di goccioline di sudore, balbettò: "Non è mio. Mi scusi devo andare".

Padre e figlio rimasero lì, ancora più imbarazzati e indecisi su cosa fare di un parrucchino biondo platino.

C sparì. Fu inghiottito dal portone di un ennesimo palazzo di vetro. Raggiunse l'appartamento ammobiliato che aveva affittato sotto falso nome. Si avvicinò a una finestra e individuò immediatamente B. Ci sarebbe voluto un certo tempismo, avrebbe dovuto aspettare che A sparasse al bersaglio. Poi, dopo il tiro di B su A, avrebbe sparato su B con sommo piacere.

C distolse lo sguardo da B e rivolse la propria attenzione alla piazza. Nel centro della fontana galleggiava, macabro come il corpo di un affogato, il suo amato toupet.

D aveva seguito la scena: "Disgustoso," pensò, "quella vecchia checca di C lascia dietro di sé più tracce di Pollicino. E non lascia briciole, lascia indizi voluminosi come sterco di elefante. Un toupet color platino. E quell'idiota aveva anche negato che fosse suo. Come se qualcuno avesse potuto credergli. C, tutto abbronzato tranne la nuca e metà fronte bianche... bianche come il corpo di un annegato. Bisognava proprio liberarsi di lui".

D non amava sporcarsi le mani. Per questo portava i guanti. La pallottola del suo fucile avrebbe creato un bel buco nella parte di fronte nivea di quel finocchio abbronzato. D detestava gli omosessuali. Per lui il fucile era un prolungamento del pene. Con mirino, per di più. Ogni qualvolta sparava gli si inturgidiva il pene. Le sue compagne occasionali si chiedevano spesso come mai D, prima di "consumare" facesse scemenze infantili tipo spruzzarle improvvisamente con una pistola ad acqua.

La piazza era praticamente assediata da palazzi di vetro. Se per Palazzo di vetro si intende generalmente l'ONU, si sarebbe potuto, per la piazza, coniare il calembour: "ONU, nessuno, centomila".

L'architetto che aveva concepito i palazzi, era stato senz'altro un lettore di Antonio Neri, l'immortale autore, che purtroppo morì, di quel *L'arte vetraria distinta in libri sette* pubblicata a Firenze nel 1612. L'opera che ha dato tanto conforto a intere generazioni di vetrai e di bambini armati di fionde, riposa oggi nel dimenticatoio. Il primo trattato di tecnologia vetraria stampato nel mondo, aveva però suscitato grandi entusiasmi nell'artefice di quei palazzi.

Ma altrettanto smisurato sarebbe stato l'odio nei confronti di Antonio Neri da parte di Anatra se avesse letto quel libro. Anatra si trovava sul tetto del più alto dei palazzi di vetro nonostante il suo più totale disinteresse per A, B, C, D. Alle finestre di altri palazzi si erano aggiunti E, F, G, H...

Anatra ignorava la loro presenza. Aspettava che la piazza si riempisse per sentire, lassù, un po' meno la solitudine. Anatra è un nome da killer? Come Sciacallo? Da spia, come Condor? Forse. In ogni caso Anatra avrebbe odiato Antonio Neri perché la sua occupazione nella vita terrena era quella di pulire vetri.

Anatra era un essere di sesso femminile, un donnone ottuso con improvvisi guizzi di intelligenza. Il suo cervello era prevalentemente appannato, ma una strofinatina, e ritornava a far filtrare la luce. Era grossa, goffa, sgraziata. Talvolta sfregando troppo forte rompeva qualche vetro. Gli amministratori dello stabile la rimproveravano affettuosamente. Non per comprensione comunque. Anatra faceva il lavoro di dieci persone al prezzo di mezza. Ignorava l'esistenza dei sindacati. Non diceva mai no. Non diceva nemmeno sì, se è per questo. Si limitava a bofonchiare qualcosa e poi tornava nei mille pensieri che affollavano come pulci su un cane, il suo non pensare. I ricordi tornavano ed era peggio, molto peggio.

Ricordava che la chiamavano Anatra perché somigliava a un'anatra gigantesca. Era un'anatra domestica e come tale derivava dall'anatra selvatica. L'anatra è un'animale rustico, resistente alle intemperie e abbastanza facile da allevare. Ma soprattutto facile da ferire. Quando al paese vedendola passare tutti i ragazzi le facevano il verso "qua qua qua", Anatra dapprima ci aveva riso su e li aveva imitati non essendosi accorta di essere lei l'imitata. Ed essendo purtroppo l'imitata e limitata, era tornata a casa facendo "qua qua".

Suo padre l'aveva caricata di botte. Se il mondo esterno continuava a prenderla in giro (qua qua), col mondo familiare le cose non andavano meglio per Anatra. Il padre l'accusava di aver causato la morte della madre uscendo, lei così grossa, dal corpo della puerpera dal fisico esile di una ballerina.

"Tua madre, da ragazza, faceva la ballerina classica. Tu, razza di anatra, nascendo l'hai uccisa. Colette era così... così..., mentre tu sei un coso... un coso..."

Anatra, per non soffrire aveva smesso di ascoltare. Non voleva cedere alla tentazione di odiare e perciò, da allora, il suo cervello si era rifiutato di immagazzinare parole che non fossero ordini: "Lava. Stira. Pulisci i vetri". Pulire i vetri, la sua specialità. Ma adesso era venuto il momento di riposarsi.

Anatra si era issata dall'impalcatura sul tetto del palazzo con un bastone alla cui cima era avvolto uno strofinaccio come scettro e un enorme secchio di ferro pieno d'acqua sporca come damigella. Sua madre era stata una farfalla. Lei era irrimediabilmente un'anatra.

Anatra ignorava la presenza di tutti quei fucili più in basso. Era una calda primavera e la stagione di caccia all'anatra era ancora aperta.

X, il bersaglio, era ancora abbastanza lontano da piazza dei fucili. Si trovava nel cuore di Mentone, subito dopo Ventimiglia visto dall'Italia, subito dopo Antibes visto dalla Francia.

X, che guarda caso di nome faceva Xavier, si stava associando a morte. Doveva presenziare alla Fête International du Citron. Una manifestazione che personalmente aborriva, ma che politicamente adorava.

Dopo aver visitato l'altrettanto seccante chiesa barocca del XVII secolo e aver gettato un'occhiata distratta ma concupiscente a una biondina che camminava con due maltesi al guinzaglio, dopo aver respirato il cielo, il mare e un Davidoff, dopo tutto ciò, non aveva potuto esimersi dal visitare la Festa del limone.

Centocinquantamila visitatori, provenienti da tutta Europa, con l'Europa unita sono centocinquantamila elettori. Xavier era bello, pletorico e odiava i limoni. Fin da piccolo, il gusto asprigno lo aveva disgustato, ma ora era costretto a subirsi nei giardini di Mentone le composizioni, i carri allegorici costruiti con limoni e arance.

Le arance però serviranno solo a dare una nota di colore. Il piatto forte erano gli stramaledettissimi limoni.

La festa era alla sua cinquantasettesima edizione. Proprio l'età di X. Ogni anno le sfilate di agrumi erano a tema. L'edizione che X stava controvoglia vivendo, era ispirata ai miti e alle leggende del Mediterraneo.

Prima di morire X si gustò, con il volto atteggiato a un rapito entusiasmo, "le char e Toutankhamon", la "Nef Argo" riproducente il vascello degli Argonauti, e poi balene, delfini giganti, tutti composti prevalentemente da limoni con l'ausilio di qualche arancia.

"Di che sfamare a spremute tutto il terzo mondo" pensò X con lo spirito umanitario di chi vuol smerciare limoni e arance prima che marciscano. X non era un vero e proprio farabutto. In un governo di mele marce, si limitava a essere, seppur controvoglia, un limone.

Mentone, limoni a parte, viveva una magica primavera. Magica perché usuale, eterna. Il tempo, lì, si era fermato. E sul bello. Ma X non aveva nemmeno il tempo di pensare se avesse o meno la voglia di tornarci in un'altra vita.

Troppe preoccupazioni. De Gaulle era morto da un pezzo e gliene dava ancora. E poi sua moglie, i figli, l'amica, il Nobel per la pace, la guerra, madre Teresa di Calcutta da baciare per le foto. Possibile che non avesse delle nipoti? Eppure gli indiani proliferano come tutti gli altri.

E le minacce, il petrolio, le interrogazioni parlamentari, la religione l'oppio dei popoli, l'alcolismo l'oppio dei poveri. L'oppio, l'oppio di se stesso. La CEE. La CIA. Il Ciad.

X si sentiva, come Atlante, il peso del mondo sulle proprie spalle. Con tutto quello che avrebbe dovuto fare, invece era lì a parlare di limoni.

Una giornalista gli piantò un microfono in bocca e X, il bersaglio, perso nei suoi pensieri limonò.

Quando qualche ora dopo X arrivò nella piazza dei fucili, il caldo non era diminuito. A, che nel 1976 aveva scritto una poesia, non poté fare a meno di pensare: "Se il vetro avesse le ascelle chissà che puzza". Il pacchetto di sigarette di A, ormai vuoto, era accartocciato e inutile. Esattamente come si sentiva A in quel momento. Le birre, il caldo, l'attesa trasformano un macellaio patriota in un sentimentale sudato. A, come cosa? A come amore? Impossibile. Per amare qualcun altro bisogna essere qualcuno. E A non era che un'iniziale. Un'iniziale senza fine.

Se non altro l'attesa era finita. A come assassino? No, A non aveva mai pensato a sé in questi termini. E allora A come eroe? Già, ma eroe cominciava con la E. "Che fare?" si era chiesto Lenin e si chiedeva A. Sparare a quel fesso pomposo che per motivi ad A ignoti aveva le tasche dell'abito fresco lana, gonfie come fossero state riempite di limoni?

Ma sì, sparare, sparare, sognare forse.

A si preparò al tiro.

B osservava con estrema attenzione ogni mossa di A. Ma A, a parte fumare e bere, si era mosso così poco che B aveva finito per addormentarsi. Poi al risveglio si era sporto per controllare che non fosse successo niente.

La piazza era gremita e X stava arrivando.

B si infilò un'unghia troppo lunga nell'orecchio. Poi la trasferì nel naso. Avrebbe fatto schifo a chiunque. Compreso se stesso.

Ma nella stanza non c'erano specchi. C'era solo lui con la sua avidità patologica, la sua obbedienza servile, le sue orecchie a sventola e la sua illusione di vivere ancora a lungo.

C osservava disgustato i movimento dell'unghia di B. Cosa avrebbe dato pur di sparargli prima del tempo. B, quell'essere inutile, aveva solo una cosa che C non avesse: i capelli. La capigliatura di C era ancora nella fontana, costretta a uno shampoo pubblico. Pubblico, almeno lui.

Mentre C da una vita si era dovuto tenere nascosto dietro a un toupet o a un palazzo di vetro. Non si era mai potuto mettere il rossetto.

Specie in missione.

Eppure nei film ci sono agenti segreti, killer, poliziotti, quello che vuoi, che per operare si travestono da donna. Già, ma la vita è molto più incredibile di un film. Un film ha una trama per volta. C aveva vissuto mille trame solo in quelle poche ore d'attesa.

Però se non ci si toglie qualche soddisfazione... Prima di sparare a B, decise, lui indeciso tra essere un effeminato o una virago, che si sarebbe truccato.

Cominciò dalle labbra.

D fu colto da un conato di vomito. C aveva passato il segno. Perché non spararagli subito? Carezzò il grilletto e l'effetto sortito fu la consueta erezione.

Tutto l'odio che D coltivava nei confronti dei non maschi come lui e come il suo fucile, raggiunse il parossismo. Perché un uomo vero quale lui era avrebbe dovuto aspettare un giro di vite prima di sparare? Perché aspettare una sequenza ordinata di omicidi quando al principio c'era il caos? Semplice, perché lui era un professionista.

D abbassò il fucile e guardò di nuovo C. L'erezione persisteva. Allora D capì e tutto il suo mondo di fucili gli cadde addosso. C lo eccitava. Quel vecchio schifoso frocio calvo gli piaceva.

D prese la mira.

Anatra guardava la folla. Poi alzò lo sguardo vacuo e vide una grossa nuvola nera che si avvicinava al tetto. Al suo tetto. L'unico luogo che fosse veramente suo.

Rabbrividì per paura dello sfratto e abbassando gli occhi verso la piazza non poté fare a meno di notare la canna di un fucile. E allora Anatra ricordò. Ricordò la fine che in genere facevano le anatre. Ricordò l'anatra arrosto, l'anatra brasata con lenticchie, con olive, con piselli e lardo, all'arancia, con rape, al riso, ripiena, farcita, in salmì, a la presse.

Così nacque la paura e Anatra, da domestica tornò selvatica. L'istinto di sopravvivenza sostituì la paura e fu sostituito dall'odio. Un odio gigantesco come una Grande Anatra. Un odio totale, più giustiziere che vendicativo.

Man mano che la nuvola si avvicinava, Anatra, come la nuvola rabbuiava il bel tempo, colorava le sue piume di un nero, buio perché profondo. In quel momento Anatra capì che la tempesta non si sarebbe potuta né trattenere né rimandare.

Anatra odiò. E allora il bastone con lo strofinaccio che era stato il suo scettro, diventò il suo fucile. Anatra prese la mira e sparò, ma dal bastone non uscì nessuna pallottola. A quel punto Anatra capì che la sua arma era il secchio. Il secchio che per lei era stato damigella, divenne bomba. Anatra lo lasciò cadere tra la folla che odiava.

Il secchio sfondò il cranio di X che stava per dire una frase fatta. A, guardò attonito l'ex testa di X dalla quale uscivano progetti, pensieri e materia cerebrale.

B si trattenne dallo sparare ad A. A non aveva sparato e dunque non era più necessario spararagli.

C truccatissimo come una vera lady, anche se un po' vacca, decise di non sparare subito a B. Scelse di rimandare l'esecuzione per avere il proprio permesso di truccarsi un'altra volta.

D non fece niente. Non avrebbe potuto farlo, del resto, dato che si era sparato.

E, F, G, H, I, se ne andarono.

Non appena la folla realizzò che a sfondare il cranio a Xavier non era stato altro che un volgarissimo secchio, venne additata la figura informe che si stagliava in alto, in alto molto più in alto, e forse anche in altro.

Anatra guardò giù. C'erano tanti indici che la puntavano. Ma lei non poteva saperlo. Non aveva un mirino telescopico, lei, Anatra, fraintese. Non capì che quelle braccia tese erano autonome, denunciatorie, additative.

Per lei erano solamente un gigantesco abbraccio collettivo che la stava aspettando, anatra o non anatra. Si lanciò nel vuoto.

E l'anatra diventò farfalla.

## IV.

Io: *Ehi, che le è successo? Lei che di solito è così solare... è stata luminosa persino quando le ho espresso la mia intenzione di suicidarmi.*

Dottoressa B: *Sono stata a cena con dei colleghi. Devo aver fatto indigestione.*

Io: *Come? Lei così filiforme dà retta al suo io pantagruelico?*

Dottoressa B: *Non ho mangiato molto...*

Io: *Hoggiàcapitotutto. Bisogna mangiare solo chi si conosce. È uno dei principi del capitalismo. Mai cibarsi di uno sconosciuto. Le ho mai raccontato che...*

### *Indigestione di sconosciuto*

Il bambino sgranocchiava qualcosa. Se qualcuno gli avesse aperto la bocca, un dentista ad esempio, si sarebbe reso conto che l'oggetto di tanto movimento mandibolare consisteva in una caramella, di quelle belle dure, da lavorarci su come un cane con un osso. Una caramella color ambra, forse al limone, o al tè, o al gusto di pipì. Non contava il sapore, quanto il farsi i denti su quel rettangolo ridotto a schegge per soddisfazione personale più che per golosità.

Bello il potere di fare a pezzi una caramella. Con l'età va perduto e la saggezza, una dentiera di buon senso, ti spinge a succhiare. Il bambino se ne fregava, aveva tutta la vita davanti per succhiare capezzoli ed emozioni, per trattenere in bocca, per mantenere in vita una sensazione. Ciò che gli importava era distruggere, eliminare festoso, festivo in quel giorno feriale. Del resto, quanto a succhiare, si era già fatto la sua bella esperienza col seno materno e coi ciucciotti censori del suo pianto libero. In settembre, a qualsiasi età si è già grandi, la primavera è passata da un pezzo.

Seduto sul paracarro, potente come un dio abbronzato, straziava a dentate la presunzione di una caramella coriacea. Lo sconosciuto notò che indossava pantaloni lunghi. "I bambini non portano più calzoni corti" pensò. Il che rendeva obsoleta, vetusta la frase "quando portavo i calzoni corti...". Una frase né più né meno di "quando ero ragazzo...". Quelle classiche, sentenziose banalità che fanno capire a chi le ascolta l'imminenza di una tirata sul tempo che fu. Ma lo sconosciuto non ne sentiva rimpianto. Anche a lui avevano rotto l'anima, quell'invisibile, impalpabile linea di demarcazione tra i coglioni, con storie del tempo di guerra. Suo nonno era stato uno specialista nel guastargli i panini con la nutella ammorbandolo con storie di privazioni.

Lo sconosciuto si limita a constatare che la scomparsa dei calzoncini corti forse era un deterrente per i pedofili. Erano soli su quella strada tutta curve. Situazione incresciosa. Due generazioni a confronto. Il più vecchio, a malincuore, è tenuto a essere il più saggio. E infatti lo sconosciuto pensò, suo malgrado, quasi vergognandosene, "un ragazzino non dovrebbe stare tutto solo tra il bosco e l'asfalto. Nel bosco ci sono i lupi cattivi e sull'asfalto gli automobilisti scemi".

Di auto in giro non se ne vedevano. L'unico rumore veniva dai denti. Nessuna vittima, se si esclude Rita, la caramella che si trita, massacrata secondo le indicazioni di uno slogan. "Se fossi un maniaco non avrebbe scampo," pensò lo sconosciuto. "Ma anch'io non avrei scampo; l'occasione fa l'uomo ladro, assassino, stupratore, vittimista. Che razza di mostro potrei diventare se non lo fossi già!"

Così, per chiarire l'equivoco coi propri confusi pensieri, lo sconosciuto decise di diventare ciò che in realtà già era: un uomo gentile, educato, premuroso, quasi uno scocciatore. Clizia, la sua ex compagna di sacco a pelo, glielo aveva ripetuto spesso: "Devi piantarla di preoccuparti degli altri. So che cerchi solo di renderti utile, ma diventi opprimente, con quei tuoi kleenex sempre pronti prima che abbia starnutito. È vero che da piccolo facevi lo scout, ma, cristo d'un dio, rilassati. Non sei un uomo, sei una cassetta del pronto soccorso, un cerotto vivente".

Clizia aveva ragione. Un buon samaritano attivo 24 ore su 24 diventa persino più noioso dei racconti guerreschi del nonno in Samaria. Non si può andare contro la propria natura purtroppo. Ci si può provare... trattenersi, ma all'improvviso... zac, la zeta di Zorro lascia il segno. E si scopre che la tua vera natura, nonostante i tentativi di trattenerla, ha avuto una polluzione notturna. Peccato che fosse mezzogiorno. Se le mutande sono sporche, che vuoi che conti la coscienza pulita? E se cerchi di vivere in due, di far parte di una coppia, prima o poi qualcuno ti vede in mutande.

Con un sospiro lo sconosciuto si rassegnò ad assecondare la propria indole. Si rivolse al bambino: "Cosa fai qui tutto solo? Sai che è pericoloso?". Il bambino lo fissò come si guarda un marziano. No, non con meravigliato stupore. Macché. Senza trepidazione. I marziani non se li fila più nessuno da quando vanno in giro a vendere accendini. Il verde scuro è una sfumatura del nero. Con tutti al paese che parlavano di invasione, come si fa a distinguere un senegalese da un marziano, un albanese da un venusiano? "Che stiano a casa loro" si sente dire in piazza. Certo è che se ognuno stesse a casa propria la piazza sarebbe deserta. Il bambino se ne fregava delle chiacchiere di paese. Era in un'età in cui contano solo le cose fondamentali, non i pregiudizi. Contano gli adesivi, gli autografi, i videogiochi, le trecce della compagna di scuola. "Mi faccio gli affari miei" rispose svogliatamente.

"Clizia ha proprio ragione. Sono uno scocciatore." "Chi è Clizia?" (modesto interesse giustificato dal fatto che di Clizie non ce n'è un vagone). "La mia fidanzata. Cioè no, la mia ex fidanzata. Anzi, a pensarci bene, non è che fossimo proprio fidanzati anche se per un certo periodo..." "Taglia corto." "Devo essere sincero: Clizia è una stronza!"

Il bambino si accorse che gli occhi dello sconosciuto

si erano inumiditi. Il bambino tra i due sembrava lui. Fu allora che il bambino, quello vero, si rese conto di essere molto più adulto dello sconosciuto. La consapevolezza in qualche modo lo turbò. Essere adulti comporta delle responsabilità. Non puoi triturare gli altri come se fossero caramelle. Devi cercare di essere gentile anche se non ne hai tanta voglia. "Dai, non fare così. Vuoi una caramella?"

"Non ti hanno insegnato che rovinano i denti..." Il bambino si convinse di avere di fronte a sé un autentico marziano, uno di quelli che, venendo da un altro pianeta, si esprimono con frasi rubacchiate qua e là nell'inesauribile serbatoio di coglionaggini della lingua terrestre. Parole che hanno perso significato, da usarsi solo per educazione. Un po' come dire "salute" al decimo brindisi tra gli alcolizzati del bar. Frasi in cui nessuno crede più, a cui nessuno chiede altro che di riempirgli la bocca, del tipo "basta la salute" rivolta a un disoccupato, o "non c'è più religione" nel paese in cui il papa va a sciare. In ogni caso lo sconosciuto era talmente tenero, non come la caramella, che annientarlo con una rispostaccia a denti stretti non dava soddisfazione alcuna.

Sebbene leggermente infastidito da quell'esempio di grande, il bambino fu magnanimo: "Allora, la vuoi o no 'sta caramella?". "D'accordo, l'accetto. Però, se non ti spiace, preferisco succhiarla. Dovresti fare anche tu così, guarda come si fa." Lo sconosciuto, quel patetico samaritano in trasferta, quel cliziano senza Clizia, quel marziano così poco marziale, diede il buon esempio. Preso dalla foga che il compito educativo comportava, prese a succhiare la caramella con troppa veemenza. Gli andò di traverso. Annaspò. Divenne cianotico. Morì soffocato sotto gli occhi del bambino che vide per la prima volta la morte dal vivo.

Morale: i bambini non devono accettare caramelle dagli sconosciuti. Ma è ancora più letale per gli sconosciuti accettare caramelle dai bambini.

# V.

DOTTORESSA B: *Ha degli occhi che non mi piacciono.*

IO: *A me i suoi sì.*

DOTTORESSA B: *Ha ripreso a bere in eccesso?*

IO: *Punti di vista. Vista di punti. Ogni tanto vedo dei puntolini. Sarà il fegato?*

DOTTORESSA B: *Mi fa piacere che se lo chieda. Qual è il suo punto di vista?*

IO: *Il mio non conta. Non sono più in analisi, ricorda?*

DOTTORESSA B: *E allora mi parli di lei fingendo di essere un altro...*

## *Il punto di vista del licantropo*

Non puoi avere la luna piena e la moglie ubriaca. Specie se sei un licantropo. Eppure quella notte ci sarebbe stata la luna piena e Isabella era già al quarto martini il che, essendo lei astemia, era chiaro sintomo di un certo nervosismo. Aveva cominciato col mangiarsi le unghie, ma questo lo faceva sempre, poi aveva optato per le olive sul martini e ora, dopo essersi scolata i martini cocktail, guardava famelica i bicchieri di cristallo pieni solo dei noccioli di quattro ex olive.

Era così una volta al mese, prima del plenilunio, prima che mi trasformassi in un lupo mannaro. Io, una volta al mese, diventavo un lupo e lei, una volta al mese, diventava nervosa, intrattabile, aggressiva anche nei silenzi. Il plenilunio, forse, coincideva con il suo ciclo mestruale. Del resto quando l'avevo conosciuta le avevo detto di essere un licantropo. Lei aveva sgranato gli occhioni e con il silenzio, che era il suo linguaggio abituale, mi aveva incoraggiato a proseguire il mio primo monologo per lei.

"Non è facile essere una minoranza. Che so, un negro, un omosessuale, un licantropo. Hai mai sentito parlare di un licantropo nero omosessuale? Dev'essere il massimo della discriminazione. Come nero, è discriminato dai licantropi omosessuali razzisti. Come omosessuale è discriminato dai licantropi neri puritani, come licantropo è discriminato dai neri omosessuali vivisezionisti. Pensa che vita. Emarginato dagli emarginati."

Isabella si era mangiata l'ultima unghia e aveva accettato il mio secondo appuntamento. Non parlava mai. Ci vedevamo in lunghi assolati pomeriggi e io le parlavo. Parlavo raccontandole di me cose mai dette a nessun'altra. I miei segreti si aprivano al suo silenzio e fiorivano, sbocciavano, perché il silenzio irradiava comprensione, mentre le parole, i giudizi, sarebbero stati grandine per i miei segreti.

Un giorno d'aprile le confessai che ero un licantropo, mentre il vento le scompigliava i capelli e la mia rivelazione i sentimenti. Parlò per la prima volta. Disse qualcosa tipo: "Ah...". Poi tacque mentre il vento riempiva i puntini di sospensione. Le dissi tutto. Fu quello che si dice parlare al vento.

"Da piccolo mi sono accorto di essere diverso dagli altri bambini. Nelle favole tenevo al lupo. Mia madre non mi raccontò mai la fine di Cappuccetto Rosso. Solo da adolescente scoprii che il cacciatore uccideva il lupo (e perciò i lupi erano in via d'estinzione) e che toccandoti un involtino di carne che hai tra le gambe in mezzo a due polpettine, beh, non ci crederai, cambia dimensioni, diventa grosso grosso come un arrosto di vitello. Mentre gli altri bambini giocavano a pallone nel cortile della scuola, di primo pomeriggio, io raccoglievo gli esclusi intorno a me: un biondino che si chiamava Cinzia e un ciccione che tutti chiamavano Ciccio. A noi tre il calcio non piaceva. Specialmente a Ciccio che, somatizzando, s'immedesimava nella palla. Cinzia voleva che gli facessi vedere quello che lui chiamava il pistolino. Per me non c'era nessun problema. Ciccio, quando fu il suo turno, divenne rosso rosso, si sbottonò la patta ed estrasse il suo 'pistolino'. Da allora io e Cinzia non lo chiamammo più Ciccio; lo chiamammo 'l'Uomo invisibile'. Eravamo un bel trio. Io ero il licantropo, Ciccio l'Uomo invisibile e Cinzia lo chiamammo la Donna bionica. Io avevo un sacco di peli, Cinzia nessuno e Ciccio solo nel naso. Un naso grasso. La nostra amicizia pareva sfidare l'eternità. Finì quando Ciccio fece una dieta per diventare 'normale' e giocare al calcio con gli altri. Rimanemmo io e Cinzia. Lui mi disse di amarmi, mentre io mi accontentavo di volergli bene. Ci fu un momento di imbarazzo poi uno dei due, non ricordo chi, si unì agli altri che giocavano a pallone."

Isabella ascoltava paziente, entusiasta, delusa come una madre. Sennonché, ecco, non era mia madre. Era una ragazza diversa senza essere licantropa, grassa e omosessuale. Comunque non giocava a pallone. E non era neanche, nonostante le apparenze, sordomuta.

Le parlavo, pomeriggio dopo pomeriggio, progredendo nell'amore e nell'autobiografismo.

"Se non fosse stato per Cinzia e Ciccio mi sarei sentito diverso. Una volta al mese diventavo un lupo ed ero comunque piuttosto peloso. L'unico periodo in cui mi sentii integrato fu quando entrai nei Lupetti. Quello era pane per i miei denti. Ero inimitabile nel fingere di ululare. Solo che non fingevo. Poi i Lupetti divennero Boy scout. Io sempre meno scout e sempre più boy, arrivai al liceo.

"E lì sì che fu il mio trionfo. Mia madre mi mandò in una scuola privata, quegli istituti in cui i ragazzi normali, pagando una certa cifra, si sentono diversi dai ragazzi che frequentano le scuole pubbliche. È questo il punto, Isabella, i 'normali' pagherebbero per essere diversi. Solo che hanno solo soldi, non abbastanza talento. Lì divenni l'idolo delle ragazze. Mi facevo sbattere fuori dalle lezioni per andare in corridoio a limonare con Cristina, Rina, Nina, Pinta e Santa Maria. La mia diversità unicizzava il rapporto con la ragazza di turno. Si sentivano 'diverse' anche loro. Sai perché le democrazie falliscono, Isabella? perché gli uomini non vogliono sentirsi uguali, vogliono essere diversi. E sai perché falliscono le dittature? Perché gli uomini, in questo caso, vogliono essere uguali. Al dittatore.

"Gli altri si diplomarono, io fui espulso dal liceo. Nel frattempo avevo fatto cose 'normali' per non sentirmi diverso: mi ero innamorato di una certa Cristina. Le avevo giurato che sarei stato fedele ma, cosa vuoi?"

"Il lupo perde il pelo..." disse Isabella. Dunque parlava, esisteva. Non ascoltava passivamente come un ippopotamo in un documentario del WWF. Isabella capiva il mio sfogo. Era l'essere. L'altro. Quello che sembra muto. Quello che respira del tuo respiro, tossisce se hai la tosse, vomita se hai la nausea. Così... per non farti sentire solo. Chiesi a Isabella di sposarmi. Lei tacque. Forte del fatto che chi tace acconsente, tradussi il suo mutismo con un sì e la sposai.

Così iniziarono i problemi. Mi aveva sempre visto, mi aveva sempre amato solo di pomeriggio. Vivendo con me scoprì la sera, scoprì la notte, e le notti di luna piena una volta al mese quando diventavo un lupo, quando l'ironia diventava sarcasmo, quando la forza diventa violenza, quando le unghie diventavano artigli ed erano troppo lunghe perché lei le mangiasse tutte.

Finiti gli anni di sbandamento dopo l'espulsione dal liceo, avevo provato ad accettare il fatto di essere un licantropo. Ero anche andato da uno psicoanalista che voleva mezzo milione a seduta: un vero vampiro! Poi avevo preso a dipingere lune piene, un po' monocorde, ma con grande talento. Un critico incompetente scrisse che ero un "macchiaiolo". Mi offesi e lo morsi. Scrisse che ero un genio e iniziai a vendere quadri. Scrissi anche un romanzo, la storia di un bambino peloso, di un altro effemminato e di un terzo grasso. Fu un successone. Lo lessero tutti tranne tre: Cinzia, Ciccio e io. Loro per paura, io perché sapevo già come andava a finire.

Il successo mi allontanava da Isabella più della licantropia. Amare un licantropo è possibile, ma amare un licantropo megalomane... Taceva, ma il suo era un silenzio deluso, tradito. Quando capii che stava per lasciarmi le chiesi di darmi un'ultima opportunità. Le chiesi di trasferirsi con me in campagna, in una cittadina dove non mi conoscessero e dove lei potesse riprendere ad amare in silenzio il lupo che ero e che ero stato.

Tacque. Ma chi tace acconsente. Acconsentì ancora. Così facemmo. Fummo relativamente, silenziosamente felici, finché non iniziarono i delitti.

## *Primo delitto*

Perché quando siamo giovani speriamo e ci immaginiamo di morire vecchissimi? Eppure tanta gente di ogni età muore ogni giorno intorno a noi. A lato. Di fianco. Dietro di noi. Così fingiamo di non vederli. Se morissero davanti a noi saremmo costretti ad ammettere di averli visti, ma la morte degli altri è sempre di sghimbescio e se la vediamo con la coda dell'occhio pensiamo che sia solo autosuggestione. La ragazza pensò: "È autosuggestione" vedendo qualcosa che si muoveva quasi dietro di lei, qualcosa che camminava quasi dietro a lei, qualcosa che respirava quasi dietro a lei. Non poteva essere la morte. La morte è davanti, tutt'al più ai bordi, mai dietro. Non poteva tantomeno essere la sua morte. Era ancora così giovane. Non aveva ancora visto tante cose, che so, due struzzi che si riproducono, un organo maschile, le cascate del Niagara. No, non poteva essere la sua morte. Doveva essere autosuggestione. Come quando la notte senti strani rumori venire, forse, dallo sgabuzzino, dall'anticamera, e nooo... che paura... da sotto il tuo letto.

Ma perché qualcuno per ucciderti dovrebbe decidere di farlo da sotto il tuo letto. Dev'essere talmente scomodo! e poi, dai... morire vergine a ventisette anni, pensa che figura con le (poche) amiche. Come spiegare, dall'obitorio, che avevi sempre aspettato l'uomo giusto ma che forse, ecco, non esisteva l'uomo giusto se eri alta un metro e novantasette e pesavi centocinquanta chili. E quando sei fatta così non speri in un principe azzurro, ti va bene anche un gelataio purché sia in parte azzurro, purché abbia qualcosa di azzurro. Che so, gli occhi. E un gelataio le faceva la corte. Non aveva gli occhi azzurri. Era basso, magro magro, con una testa a forma di banana sulla cui punta troneggiava un cespuglietto di capelli, una coroncina di peli. Era bello andare ogni sera in gelateria e sentirsi fare da lui complimenti innocui e non insinceri: "che bel vestito, che bella borsa". Ed era stato terribile scoprire che il gelataio banana ti faceva quei complimenti per ridere alle tue (grosse) spalle, per sghignazzare sui tuoi rossori con gli altri clienti della gelateria, che sapevi già che ridevano di te. Loro. Loro sì. Ma non lui. E allora come allora avevi desiderato morire, avevi intensamente voluto che la cosa che camminava quasi dietro a te fosse veramente la *tua* morte. La ragazza si girò e vide la sua morte. Un po' pelosa. Ma... un vero principe azzurro.

*Il punto di vista del licantropo.* – La cittadina ci accolse bene. La mia licantropia passò di bocca in bocca come la lingua di una prostituta noleggiata a una festa di liceo. Ma non turbò. Anzi, la mia notorietà pittorica dipingeva d'eccentricità la mia licantropia. Venivo invitato a cena dalle famiglie facoltose e quindi con più posti a tavola...; i bambini mi volevano toccare e le madri li sgridavano, imbarazzate. Isabella taceva, come suo costume, a un altro capo di ogni tavola, infastidita, incicalita nel suo tenero, pensoso mutismo, dalle commensali che, rese più ardite dai beveraggi, si informavano con lei sulle mie prestazioni sessuali. L'atteggiamento nei miei confronti si trasformava, senza che ci fosse bisogno della luna piena, da cortese diffidenza in curiosità morbosamente solidale, persino in amicizia. Ero popolare e aristocratico a un tempo. Popolare come lo sono le leggende per il popolo, aristocratico perché solo gli aristocratici credono alle leggende del popolo.

Isabella non diceva mai niente. Me la dimenticavo lì, all'altro capo della tavola, con l'egoismo dell'emarginato di successo che ormai può, a suo piacere stabilire nuovi confini e nuove, desuete, emarginazioni. Quando mi ricordavo di averla dimenticata, assalito da rimorsi mi dedicavo un secondo a lei, al suo silenzio offeso, per tornare, *lupus in fabula*, l'attrazione della serata. Per me, un secondo era un secondo. Per lei l'eternità. Tra i commensali c'erano un medico calvo, un pubblicitario capellone e un gelataio con strani, pochi, capelli sul cocuzzolo di una testa a forma di banana. Parlai soprattutto con loro una certa sera perché furono gli unici a estraniarsi da un argomento ghiotto e morboso come la morte di una ragazzona con molti problemi, avvenuta la notte prima. Forse anche Isabella si estraniò, ma lei lo faceva sempre arricchendo dei suoi pensieri una stanza piena di fumo.

### *Secondo delitto*

"Un gigante non può avere paura" pensò il nano, come fa, dall'alto, controllando la situazione e ridimensionando con il suo punto di vista ogni forma, ogni velleità, ogni esibizionismo, ad avere paura degli altri? L'unica paura che può avere è che ci sia qualcuno più *grande* e più *alto* di lui. E senza qualcuno più alto di te, ti rimangono tutti i dubbi tuoi e le responsabilità nei confronti di quelli più bassi. Lui non aveva questo problema. Era più che basso, era un nano; il mondo era più in alto con i suoi collassi, con i suoi tumori, lui, lì come un topo in un cartone animato, avrebbe sempre potuto nascondersi alle responsabilità. Senonché, ecco, aveva incontrato una nana, con altri parenti nani, né più né meno figli di buona donna di quelli più alti. Anzi, i suoi parenti acquisiti lo accusavano di essere un fallito. Di non provvedere a sufficienza nei confronti di una moglie, di essere freddo, egoista, di non avere passioni. Lui aveva una passione: il basket. La vita è spesso ingiusta e alta come la figura che si era materializzata dietro di lui. Si girò e vide che la sua *morte* era alta.

*Il punto di vista del licantropo*. – Dopo il secondo delitto la posizione nei miei confronti era percettibilmente mutata. Le madri non sgridavano più i bambini quando mi toccavano, semplicemente perché le madri non permettevano più che i bambini mi toccassero. Ero nella cittadina da solo due mesi e avevo già dei rimpianti. Nostalgia come se un mese e mezzo prima fossero stati i miei anni ruggenti. Il successo mi aveva illuso di essermi sbarazzato della "mia diversità" strumentalizzandola. Sul principio, due mesi prima, nessuno aveva raccontato barzellette sui licantropi in mia presenza. Un po' perché non le sapevano, un po' perché forse non ce n'erano. Ero arrivato, sempre sino a due mesi prima, a inventarmele io le barzellette sui licantropi, a giocare con la luna piena come fosse una palla sgonfia e illuminata.

I miei ospiti ridevano come quando gli omosessuali raccontano barzellette sugli omosessuali, e i carabinieri quelle sui carabinieri, tanto per far sapere, licantropi, omosessuali e carabinieri, che non sono loro i licantropi, gli omosessuali e i carabinieri di cui parlano le barzellette che raccontano. La gente mormorava. Luoghi comuni come in provincia. Erano brusii cattivi, equazioni del tipo licantropo = assassino, che le bocche passavano alle orecchie come saliva di maldicenza. Per sciacquare il cerume della noia con una novità, un sospetto, una condanna a morte. Isabella leggeva negli occhi dei commensali gli sguardi feroci, posso dirlo, come lupi mannari. Ero nuovamente condannato, emarginato, perché se muore un agnello e tu sei l'unico lupo nei dintorni, la colpa la danno per forza a te. Gli unici a non condannarmi con gli sguardi erano il medico calvo, il pubblicitario capellone, il gelataio con la testa a forma di banana. Erano forse i miei unici amici, o erano forse gli unici altri a sapere cosa fosse un lupo. Giurai a Isabella che ce ne saremmo andati. Più tardi. Ma per me, più tardi era più tardi. Per lei l'eternità.

## *Terzo delitto*

Di cosa ti devi preoccupare quando sono morti una gigantessa e un nano, tu che sei di statura media? E di intelligenza media, di ambizioni medie? Come fai a temere l'imprevisto quando hai previsto che esiste solo il prevedibile? E allora cammini, certo della tua certezza, forte della tua non forza, sicuro della tua sicurezza che quando si parla di un altro non sei mai tu. Ma la paura non sai come ragioni. È un'altra. Non sei tu. Lei non è media, normale, "insignificante", come ti ha detto quella bionda al liceo. E se la morte si fosse accorta che hai un molare cariato? Impossibile. La morte non è un dentista e poi i molari cariati non sono qualcosa di particolare che possa attirare la morte. Pensi disperatamente a qualcun altro coi molari cariati che conosci. Ma non ti viene in mente nessuno. Dio, che paura farseli otturare. Ma avere paura del dentista è normale, no? Una reazione che rientra nella media. Chi non ha paura del dentista, a parte un dentista? Invece morire deve essere eccezionale, non controllabile, fuori da ogni schema e previsione. Un eccesso, certo. L'uomo si girò chiedendosi come sarebbe stata la sua *morte*. Fu una cosa *media*.

*Il punto di vista del licantropo.* – La cittadina era ormai contro di me. Mi erano rimaste solo tre presenze di solidarietà, una calva, una coi capelli lunghi e una con la testa a banana. E poi Isa.

Isabella che non chiedeva mai niente, ma che si aspettava mille risposte. Isabella che, come un cucciolo orfano, sperava, era certa, che io fossi sua madre, suo padre, quello che gli altri chiamavano amore.

Nessuno ci invitava più a cena, neanche per l'aperitivo. E io regredivo. Tacevo ai suoi sguardi. Non c'era più dialogo. Non c'era mai stato. Ora non c'era neanche più monologo. Il mio. C'eravamo solo io e lei. E altri tre con acconciature differenti che ci ruotavano malinconicamente attorno come cavalli di legno in una giostra.

Quella sera ci sarebbe stata la quarta luna piena. La cittadina, prima di linciarmi, attendeva la mia quarta vittima. Forse Isabella aveva finito il suo quarto martini quando vennero a bussare alla porta. Ci attendevamo qualcuno come il calvo, o il capellone, o banana. Ma non erano loro. Era un folla esultante, capeggiata da un omone che mi abbracciò.

"Siamo contenti di averla con noi e ci scusiamo per gli isterismi, per le fobie di cui si sarà accorto. Abbiamo sempre considerato un privilegio averla con noi in questa piccola ma florida comunità."

Doveva essere un uomo politico.

"I 'periti' hanno accertato, ehm, ehm... la sua totale estraneità al caso. Nessuna vittima è stata uccisa durante i giorni di luna piena. Qualcuno in effetti ce lo aveva già fatto notare, ma sa, cosa vuole, sono bastate le chiacchiere di pochi ignoranti per screditare e lei, e il nostro comportamento nei suoi confronti. Noi amiamo i licantropi. I licantropi, e lei specialmente, se me lo consente, sono nostri amici. Da sempre."

Lo guardai fintamente truce e si corresse.

"Beh... se non proprio da sempre, almeno da oggi."

"E come mai siete così allegri se c'è un assassino in giro?"

"Perché ormai sappiamo chi è stato. O almeno quasi. Abbiamo dei sospetti sul dottore, sa, quello calvo, e sul pubblicitario, uno scansafatiche, ha presente quello con i capelli lunghi? E sul gelataio, sa, quel mingherlino con la testa che assomiglia a una fragola..."

"Banana" corressi.

"Ah, già, banana. Beh, Banana, voglio dire il gelataio, aveva avuto una relazione con la prima vittima. Nessuno dei tre aveva un alibi durante le notti degli omicidi. E... tutti e tre sono irreperibili stanotte."

"Non mi sembra molto..." obiettai.

"Ma è abbastanza per noi. Chi si contenta gode."

"E il lupo perde il pelo ma non il vizio."

"Sì... ma i cocci sono suoi" ribadì strizzandomi l'occhio.

Entrarono tutti. Lui e il paese rimasero finché la luna piena non si eclissò, come tutti i liquori del mio mobile bar. Li buttai fuori che era rimasta solo una goccia di gin e di martini con cui Isabella, che era astemia, si preparò il suo quinto martini cocktail.

Mi guardò e un lacrimone colò sul martini a sostituire l'oliva, visto che le olive se le erano sbafate tutte i nostri ospiti. Non l'avevo mai amata come in quel momento.

"Sai tutto, eh, Isabella. Hai capito che l'assassino non è un licantropo, visto che non uccide quando c'è la luna piena. Hai capito che l'assassino non è un licantropo. L'assassino è un uomo. Da lupo sono innocuo. È quando mi trasformo in uomo che divento un... uomo. Un uomo. Un essere che tocca, sugli autobus, i sederi delle ragazze e poi scrive lettere indignate di protesta ai giornali perché ci sono in giro ragazze con la minigonna. Che è contro la morale.

Un uomo, un essere che crede che al mondo, tutti al mondo, facciamo tutto solo per denaro, che tutte le donne siano puttane a parte sua madre e sua sorella.

Un uomo, quello che insidia la cognata dodicenne, e poi invoca la pena di morte per chi ha insidiato una cognata dodicenne.

Un uomo, un essere che confonde per un minuto il fanatismo con il coraggio e solo con il coraggio di altri diventa eroe in un secondo. Un uomo, uno che crede di esser solo quando siamo in cinque miliardi, uno che fa i concorsi a premi, che spedisce le cartoline che trova nei detersivi, uno che guarda la televisione tutte le sere e dipinge solo la domenica.

Per fortuna.

Ecco Isa. Io, quando divento un uomo uccido. Ho ucciso tre persone."

Tacqui io. Per la prima volta. Isabella scolò il martini, trangugiò l'oliva inesistente e per la prima volta da quando l'avevo conosciuta, parlò.

Parlò per ore.

## VI.

DOTTORESSA B: *Finalmente la vedo in forma. Un altro sciopero degli autobus?*

IO: *No, ero in ritardo, ho preso un taxi.*

DOTTORESSA B: *E poi è elegante. Sembra un gangster come se lo immagina Armani.*

IO: (toccandomi le palle)*: I gangster non sono mai come se li immagina Armani. Durerebbero una stagione.*

DOTTORESSA B: *Non sapevo che fosse superstizioso...*

IO: *Personalmente no, però le mie vaste conoscenze annoverano un gangster che...*

### *E le stelle stanno a sparare*

Visto che con la coscienza sporca non si riesce a dormire, trascorrevo la notte nei nights tra donnine e champagne. E chi la voleva pulita, visto che la mia coscienza nera indossava lo smoking e andava a ballare? La fortuna cinguettava in maggio, come quegli uccellini che alla cinque del mattino ti svegliano sorridente perché sai che essendo ricco non ti devi recare in miniera, e quindi puoi voltarti dall'altra parte dicendo buonanotte al loro buongiorno. Ero ricco e disonesto, che contrariamente a quanto dicono, oltre che essere meglio che povero e onesto, è pure meglio di ricco e onesto. Se sei ricco e onesto, ti arrovelli sulla povertà altrui e i bambini del Biafra dalla tivù addentano famelici la tua felicità. Se sei ricco e disonesto, invece, te ne freghi e la tua felicità è intatta, tutta per te. Mio padre, il rabbino, era morto di crepacuore quando aveva saputo che facevo il gangster. Sul letto di morte mi aveva detto qualcosa in ebraico. Io, che mi ero sempre rifiutato di imparare l'ebraico, non capii un accidente e quindi me ne infischiai, sereno, della sua maledizione. Mia madre, che mi aveva infarcito la testa con la storia di Lucifero l'angelo caduto, non osava criticarmi perché si addossava le colpe della mia cattiveria. Era stata lei, infatti, in un momento di distrazione a lasciarmi cadere dal seggiolone. Così, da angelo caduto, rispedivo al mittente le responsabilità. Le mie lucrose attività criminali mi permisero di uscire dal ghetto e le signore dell'alta società mi invitavano alle cene di beneficenza purché ogni tanto donassi qualcosa: un padiglione auricolare a un sordo, una tromba di Eustachio a un musicista non udente. Ero molto sensibile al problema dei sordi, forse perché sin da piccolo i rimproveri mi entravano da un orecchio e mi uscivano dall'altro. Il mio unico vero amico del resto era sordomuto. Un omaccione gigantesco, una specie di Golem, che mi si era affezionato quando da bambino gli avevo strappato una spina da una zampa... ehm... voglio dire da un piede. Con lui certo non si poteva fare molta conversazione, ma pareva pronto a esaudire ogni mio volere come se mi leggesse nel pensiero. Io e il Golem scorazzavamo per la città. Io facevo il gradasso e lui, colosso di pietra, sistemava a mazzate gli scocciatori. In cambio non mi chiedeva niente. Forse perché era muto. Si accontentava della mia compagnia. Il secondo punto fermo della mia vita era Megera. Megera, a dispetto del nome, era stata bellissima. Certo che, quando l'avevo conosciuta, aveva già settant'anni e il nome stava prendendo il sopravvento sulla sua bellezza. Le parole finiranno per ucciderci tutti quanti. Megera, che in gioventù si era opposta con la propria avvenenza al nome di battesimo, si sarebbe riconciliata e piegata al nome solo con l'estrema unzione. Già, la morte è una gran brutta cosa. La vita è una pin-up, la morte una megera. Il motivo per cui Megera era diventata così importante nella mia vita era scritto nelle stelle e nei marciapiede. Megera leggeva il futuro, i tarocchi, gli astri. Leggeva di tutto, tranne libri e giornali perché si era conservata "analfabeta". "I giornali ti danno le notizie del giorno prima. Roba vecchia. Io so già le notizie del giorno dopo." "E i libri?" "I libri mi piacciono. Begli oggetti. Non li apro per non restare delusa." Per Megera la cultura era un gigantesco uovo di Pasqua. Per lei, che sapeva già tutto, ogni "sorpresa" scadeva nella banalità. Megera iniziò a predirmi il futuro che avevo dieci anni. Non aveva sbagliato un colpo. Neanch'io. Ogni colpo in gioielleria lo organizzavo secondo le sue preveggenze. Crescendo, il nostro rapporto si intensificò. La mia carriera, la mia vita, io stesso, in sua totale balia. Megera era l'unica donna di cui ero alla mercé sentendomi sicuro nonostante la dipendenza. Il mio Golem, contrariamente a quelli della Polonia del XVI secolo, non avevo avuto bisogno di crearmelo, lo avevo trovato. Megera si accontentava di un rapporto di scambio: io ero il suo pupillo, lei le mie pupille, grazie alle quali vedevo il futuro, un futuro roseo come il petalo di una rosa senza spine.

I guai cominciarono quando Megera andò a fare i fanghi lasciandomi solo in città. Yuri lo smilzo mi propose di entrare nel giro dello spaccio di videogiochi. Li comprava direttamente in Colòmbia, poi, dopo opportune modifiche, li immetteva sul mercato. Non voglio sembrare un moralista: ho sempre fatto uso di "space invader", roba leggera, ma l'idea di piazzare la realtà virtuale all'uscita dalle elementari mi vedeva perplesso. Del resto c'era da fare un bel mucchio di svanziche. Telefonai a Megera per un consulto. Megera e il suo cellulare, accidenti a lui, erano sotto uno strato di fango che impediva la comunicazione. Così incautamente accettai. Bene, anzi, male. Mi ritrovai incastrato in un giro più grande di me. Il business dei videogiochi era in mano a Nicla la Fogna. Nicla la Fogna, un'orchessa chiamata così per la sua scarsa attitudine all'igiene, irruppe nel mio ufficio: "E allora ragazzo, hai fatto il passo più lungo della gamba. Vuoi fare denaro sporco". "Vedi Nicla, il denaro sarà anche sporco, ma non puzza. Lo stesso non si può dire di te." Nicla la Fogna, che non si lavava dal '46, ma si cospargeva di deodorante, si incattivì: "Ehi, guarda che uso Atkinson al sandalo". "Saranno sandali usati: puzzi di piedi." Golem giganteggiava inespressivo al mio fianco impedendo alla mia ombra di fuggire dopo aver fatto la gradassa. "Ah, è così – commentò Nicla la Fogna emettendo un alito cattivo quanto lei – allora stai attento a chi ti è caro." Uscì sbattendo la porta. "Che fare?" mi chiesi. Cominciai col far disinfestare il locale.

Due giorni dopo Megera tornò dai fanghi. Mi chiamò al Post Café di Corso Garibaldi, il mio quartier generale: "Ciccio – mi chiamava Ciccio. Era l'unica a cui permettessi di chiamarmi Ciccio. Voi non provateci neanche – stasera vorrei parlarti. Porta da bere, ce ne sarà bisogno." "Ma, mia vecchia bambina, tu sei astemia." "Mi resta poco da vivere. Una sbronza non farà in tempo a farmi venire la cirrosi epatica." Turbato riagganciai. La sera mi recai da Megera con due bottiglie di carburante. La stamberga, che non aveva voluto lasciare nonostante le avessi proposto di venire a stare da me, era illuminata a giorno da una miriade di candele. "Stavi scherzando, vero vecchia bimba?" "No, Ciccio, purtroppo no. Queste vecchie ossa stanno per smettere di scricchiolare." Rimasi a bocca aperta e un'onda di malinconia, un'onda bollente, si tuffò direttamente nella cavità orale. Poi si raffreddò di colpo e divenne gelida. Il mio stomaco, per gli sbalzi di temperatura, si ammalò come il mio cuore. Ero muto, più muto del Golem. Ci scolammo le due bottiglie di ammazzagelo. Alla fine, barcollante, la salutai con un bacio. Mi trattenne: "Un'ultima cosa Ciccio: guardati... – ruttò – ...guardati da una donna del Leone. Segnerà la tua fine". Con questo ammonimento nelle orecchie, la morte nel cuore e l'alcool nelle vene me ne andai. Quella stessa notte i giannizzeri di Nicla la Fogna versarono bidoni di benzina sulle mille candele di Megera. Bum.

Quando il fuoco fu vinto qualcosa si spense anche in me. Non provai rimorsi, non ne sono capace. Ma il vuoto, Dio, che paura il vuoto. Guardandomi dentro soffrivo di vertigini. Un buco. Un pozzo senza fondo. Golem mi stava vicino. Quell'ultima frase di Megera mi aveva atterrito: una donna del Leone segnerà la tua fine. Megera non aveva mai sbagliato. Prima di iniziare la guerra a Nicla, mi informai sul suo segno zodiacale. Non era del

Leone. Quindi, come ultimo dono di Megera, potevo combatterla, certo di non esserne sconfitto. Golem, come sua abitudine, mi lesse nel pensiero. Una settimana dopo la morte di Megera, Nicla la Fogna ricevette una visita. Golem, dopo aver liquidato le guardie del corpo, penetrò nella stanza da letto di Nicla. Ero presente. Nicla dormiva con cinque gatti, tra lenzuola che erano state bianche al momento dell'acquisto, ma che ora esploravano ogni gamma del marrone. Golem sollevò la Fogna come fosse un fuscello. Nicla tentò di urlare, ma le mani di pietra di Golem le tapparono l'orifizio di denti guasti. Scaricammo Nicla nella vasca da bagno in cui teneva i pesci rossi. Prima di annegarla la lavammo con sapone da bucato. La Fogna si dibatteva. Per lei la pulizia era una tortura. La sgrassammo, la scrostammo e, come colpo di grazie, le lavorai i denti col filo interdentale. La ripescarono cadavere, bianca, ma così bianca che più bianca non si può.

La vendetta non fu sufficiente. Megera mi mancava. Cercavo un palliativo e, visto che era primavera, m'innamorai. Brenda era una modella mulatta che posava per riviste di turismo. Bastava piazzare lei su una foto e una serie di bidoni della spazzatura alle sue spalle ti sembravano atolli del Pacifico. Una sera al ristorante chiesi a Brenda: "Come vedi il nostro futuro?". "Chi può dirlo. Io vivo il presente." Non era Megera. Provai a insistere: "Non dico il futuro alla lunga, ma sai almeno cosa sarà di noi giovedì prossimo?". Consultò l'agenda. "Giovedì non ci vediamo, devo posare per Tuttoturismo." Brenda non aveva le qualità di Megera, ma ci passai sopra. Il venerdì successivo le chiesi: "Mi vuoi sposare?". "Me lo chiedi così, sui due piedi?" "Come vuoi. Te lo chiedo su un piede solo", sollevai un ginocchio come gli ubriachi che vogliono dimostrare di essere sobri. Sbagliano. Solo uno che ha bevuto solleva una gamba per dimostrare che non ha bevuto. "Mi vuoi sposare?" "Sì." Sorrisi soddisfatto. Poi, improvvisa, subentrò l'angoscia. "Ehi, Brenda, di che segno sei?" "Leone, perché?" Fuggii dal ristorante lasciandole il conto da pagare. Le settimane successive Brenda mi cercò ripetutamente al telefono. Dopo la proposta di matrimonio, non voleva saperne di uscire dalla mia vita. Fortunatamente la ritrovarono soffocata in un bidone della spazzatura. La bocca era atteggiata a una specie di sorriso. Come se fosse su Tuttoturismo.

Per me era necessario innamorarmi per riempire il vuoto. Cominciai a trascurare gli affari. Golem era al solito impassibile, ma ero certo che in qualche cellula del suo corpo di pietra si preoccupava per me. Mi invaghii di Désirée. Ballava in un topless bar, ma aveva il viso di una che sta facendo la prima comunione. L'innocenza nuda. Tutte le sere mi recavo a vedere il suo spettacolo. Quando la convocai al mio tavolo le chiesi: "Di che segno sei?". "Bilancia." "Benissimo. Vuoi sposarmi?" "Ma io sono una povera trovatella, tu un pilastro della società." Oltre alla faccia aveva anche la voce dell'innocenza. "Chi se ne frega. Tu sei una trovatella, per questo ti ho trovato." Vivemmo momenti indimenticabili. Poi, un giorno prima del matrimonio, tornò a casa raggiante: "Caro, devo darti una notizia. Ho fatto delle indagini e le suore hanno rintracciato i miei veri genitori. Sono la figlia del banchiere Von Willer. Il mio vero nome è Tania. La mia bambinaia mi perse di vista e sparii. Le suore mi ritrovarono in ottobre." "Una storia strappalacrime ma a lieto fine." "Ecco i miei nuovi, veri documenti. Tania Von Willer risulta nata il 2 agosto, segno zodiacale Leone." "Ma non eri della bilancia?" "Le suore mi dissero così, perché mi ritrovarono in ottobre e per loro era come se fossi nata in quel momento." La buttai fuori di casa. Désirée non si arrese. Tania nemmeno. Continuò a perseguitarmi per trovare giustificazioni al mio comportamento. Fu così che Tania Von Willer sparì per la seconda volta. Quella definitiva.

Poi arrivò Rita. Studiava veterinaria e aveva sette sorelle minori che curava come una madre, essendo orfana dei genitori. Rita era perfetta. Del segno del Cancro. Morì in un incidente stradale lasciandomi le sorelle sul groppone. Dopo essermi accertato che nessuna fosse del Leone, le adottai tutte. Così mi ritrovai padre senza avere una moglie. Eravamo una strana famiglia, io, il Golem, e sette bambine. Mancava una donna. Mancava la donna.

Nel mio giro cominciavo a perdere credibilità. Girare con sette marmocchie non è l'ideale per consolidare una reputazione da duro. Ci voleva una donna che si occupasse di loro. Ci voleva una donna che si occupasse di me. E ne incontravo, sì, ne incontravo. Ma visto che la mia fortuna era in discesa, tutte le donne che suscitavano il mio interesse si rivelavano prima o poi del segno del Leone. Quelle che si rivelavano prima per delle leonesse, ricevevano il benservito e un biglietto aereo per la destinazione più lontana possibile. Quelle che si rivelavano poi per leonesse senza accettare il successivo abbandono, venivano ritrovate strozzate, garrotate, centrifugate, vivisezionate, triturate, tostate, alla brace, in salmì. La polizia cercava un serial killer con una predilezione per le donne del Leone. Mi interrogarono un paio di volte, ma avevo un alibi grande come una casa di tolleranza. Il penultimo amore fu Astrid. Sapevo in partenza che era del Leone, ma decisi di rischiare. Rischiavo poco in fondo: Astrid era un travestito. Quindi tecnicamente lo si sarebbe potuto definire un uomo del Leone. Non una donna. Vivevamo in assoluta castità, un amore platonico. Era una buona madre per le sette bambine. Fu molto bello finché durò. Poi Astrid sparì improvvisamente. La cercai per mari e monti. In pianura la cercava il Golem. Ero disperato. Mi occupavo sempre meno del mio traballante impero. Cominciai a bere più forte del solito. Ci fosse stata Megera mi avrebbe saputo dire dove ritrovare Astrid, ma ero solo. Sempre che ci si possa definire solo in compagnia di un Golem silenzioso e di sette bambine che continuavano a frignare perché la zia Astrid aveva smesso di raccontar fiabe prima di andare a letto. Poi d'improvviso Astrid tornò. Ero indeciso se abbracciarla o prenderla a calci. Così feci l'uno e l'altro. Astrid pianse. Di gioia. "Così mi ami. Ti sono mancata. Sono tornata per stare sempre con te." "Dove cavolo sei stata, amore? Anzi, non dirmelo. Non voglio saperlo. Ti perdono." "Non c'è bisogno che mi perdoni. Ho fatto qualcosa per te", sollevò la gonna e abbassò la biancheria intima. Il batacchio era sparito. "Sono stata a Casablanca. Ora sono una donna..." "...del Leone", aggiunsi. Il corpo di Astrid fu ricomposto dopo che la polizia lo ritrovò suddiviso in quindici beauty-case. Le bambine piangono ancora adesso.

Ai bei tempi andavo spesso a teatro. Un po' per farmi vedere nel foyer e un po' perché le storie di Shakespeare erano una bomba. Morti ammazzati come se piovessero. Se Al Capone avesse conosciuto Shakespeare l'avrebbe subito scritturato, per farsi confezionare l'abito adatto per la grande *fiesta* della posterità. Di Shakespeare, che tra l'altro sarebbe un bellissimo nome per un locale notturno (dove vai? allo Shakespeare) o per un ballo generazionale (lo shake, l'hula-hoop e lo shakespeare), mi aveva colpito soprattutto Macbeth. A un certo punto Macbeth, un bravo ragazzo rovinato dal matrimonio, ricorda la profezia secondo la quale, quando la foresta di Birnam si muoverà, la sua ora sarà segnata. L'incauto Mac, ovviamente sa che foreste e montagne sono immobili e si crede al sicuro. La mia foresta di Birnam erano le donne del Leone. Ed ero proprio io a muovermi verso di loro, calamitato all'autodistruzione. Dopo la morte di Astrid, il bere prese il sopravvento. Mi ridussi a un rottame. Cercavo mani forti che mettessero fine alla mia agonia. Golem irruppe nello studio. Aveva mani di pietra. Lo fissai negli occhi inespressivi implorando: "Su, coraggio, finiscimi, meglio ucciso subito e da un amico che non questa attesa. E tutte queste donne che amo che mi muoiono intorno! Uccidimi. Leggimi anche stavolta nel pensiero. Sei stato tu, vero, a uccidere tutte le ragazze. Mi sei talmente amico da averlo fatto senza aspettare che te lo chiedessi. Così non mi sono sentito responsabile. Esattamente come quando Megera, predicendomi il domani, me lo forniva già bello e fatto. Ah, Golem, quante cose hai in comune con Megera. Lei mi leggeva il domani, tu mi facevi il domani. Mi avete viziato. Tu, mio automa, mi hai impedito di diventare autonomo. Ma adesso uccidimi, è il mio unico desiderio espresso direttamente. È la prima e unica decisione vera che prendo nella vita. Ammazzami". "Col cavolo." Incredibile, il Golem aveva parlato. "Ma... tu... ma tu..." "Io parlo e sento, Ciccio. Sei tu che adesso non riesci a parlare. Sai perché non ho mai parlato sino a oggi? Perché ero sempre d'accordo con te. Non avevo niente da dire, né da ridire. Un amico non ti giudica. A volte ti approvavo, altre meno, ma in fin dei conti acconsentivo a tutto." "Già, chi tace acconsente." "Verissimo. Ma adesso no, non posso più tacere e osservarti mentre ti riduci così. Ho ammazzato tutte quelle donne del Leone per te. C'è qualcosa di buono, Ciccio, e quel qualcosa di buono, forse, meritava delle vittime femminili, almeno per me. Stavolta parlo perché non ci sto. Non ti voglio ammazzare. Io me ne vado. Una volta tanto cavatela da solo." Il Golem uscì. Io piansi, piansi, piansi, piansi che rischiai di morire annegato.

Ma arrivò un salvagente. La incontrai al parco. Dava da mangiare ai piccioni e ai barboni. Era così sensibile che aveva portato anche un paio di tramezzini per chi faceva footing e per i maniaci sessuali. Era la fata del parco. Mi si avvicinò. Ero seduto su una panchina con gli occhi persi nel vuoto. "Non si sente bene?" "No, non è che non mi senta bene. È che mi sento proprio male." "Cosa le succede?" "Sono cattivo. E solo." "Dai. Nessuno può essere totalmente cattivo. Quanto alla solitudine, siamo tutti soli. È per questo che ci riuniamo in club, partiti politici, associazioni a delinquere. Cerchiamo compagnia." La guardai con più attenzione. Era bella, di quella bellezza che emana tepore. Ci rivedemmo tutti i giorni, alla stessa ora, nel parco. Quando appariva al mio orizzonte persino gli spacciatori di crack sembravano animati da Walt Disney. Era una Mary Poppins popputa. Un sogno di carne e petali. Mi innamorai. "Ti devo dire una cosa Ciccio. C'era un altro uomo quando ti ho conosciuto. Ma ora è diverso. Mi vuoi sposare?" Mi aveva chiamato Ciccio come avevano fatto solo le persone che si erano eclissate amandomi. Mi aveva proposto di sposarla, togliendomi la responsabilità di chiederglielo. "Sì, ti voglio sposare, anche se scommetto che sei del Leone. Non me ne frega più niente. Non scappo più."

Non era del Leone. Veramente. Proprio allora che ero disposto anche ad accettare una donna del Leone, il destino si era deciso a venirmi incontro. E non come la foresta di Birnam. Fummo felici. Felici come due cipolline sottaceto con un mare d'aceto in cui nuotare, tutto per loro. Fuggendo dalle donne del Leone non avevo fatto altro che incontrarne; ora che non fuggivo più, l'amore non ruggiva minaccioso alla mia incolumità. Ma la foresta arrivò. Stavo aspettando la mia promessa sposa all'angolo di un vicolo cieco. Arrivarono prima di lei. Erano grossi e cattivi. Con le mazze da baseball. Le ossa dei gomiti e delle ginocchia scricchiolarono sotto i colpi. Crollai a terra. Un ometto tarchiato ed elegantissimo si fece prestare la mazza dai suoi tirapiedi e infierì sulla mia spina dorsale. "E così hai voluto rubarmi la donna? Ti conviene sparire dalla città, non appena qualcuno ti aiuterà a rialzarti." Lo riconobbi, era Leone Goldstein, detto Big Leo, il boss dei boss del quartiere ebraico. Megera aveva visto giusto. Una donna del Leone aveva segnato la mia fine. Leone Goldstein aveva molte donne, ed era gelosissimo di tutte. "Sei finito, uomo", ringhiò. Rimasi lì, in mezzo alla strada, floscio come una marionetta a riposo, solo col mio dolore. Arrivò lei e cercò di sollevarmi, piangendo. Ero troppo pesante. Alle sue spalle si materializzò il Golem. Non disse nulla, come ai vecchi tempi. Mi caricò sulle spalle di pietra aiutato dalla mia amata e mi portò via. Una donna del Leone aveva segnato la mia fine. Ma, scusate se è poco, forse anche un nuovo inizio.

## VII.

DOTTORESSA B: *È soddisfatto di aver raggiunto un certo successo? L'ho vista in Tv. Negli anni cinquanta il successo era possedere un televisore. Oggi è apparire in televisione.*

IO: *Fino a un certo punto. Non aspiro al successo, preferisco la mitologia. Guardi Mina e Battisti. Sparendo sono diventati leggende. Ancora un paio d'anni di strapazzo e cambio vita. Mi trasferisco a Lugano, mi metto all'ingrasso ed entro nel mito.*

DOTTORESSA B: *Non pensavo che Mina e Battisti fossero suoi miti. Un tempo temevo lo fossero di più Majakovskij, Bukowski. Insomma, qualsiasi artista il cui cognome finisce in oski.*

IO: *Si sbagliava. Il mio modello e Jack lo Squartatore. Ha lavorato sodo una sola estate, poi è sparito nel nulla, come Ambrose Bierce. È entrato nel mito. Sa che sono l'unico a sapere che fine abbia fatto?*

### *La bestia e la bestia*
### (requiem per Jack lo Squartatore)

*L'io narrante*

Quando leggerete queste righe io sarò morto. Ma nel caso voi "moriate" senza aver fatto in tempo a leggerle, vorrà dire che ve le racconterò a voce ovunque ci sia dato di incontrarci *post mortem.* E non toccate ferro. Toccate il sesso opposto al vostro finché siete in tempo. O, crepi l'astinenza, il sesso preferito.

Sono un nano. Se avessi paura delle parole direi "brevilineo", ma io non ho paura di niente. Ho avuto paura unicamente quando ho assistito a ciò che vi sto per raccontare.

*Lui squartante*

Più che piovere, uccideva. Ma se invece che di carne e ossa fosse stato di vapore acqueo, l'uomo noto come Jack lo Squartatore anziché uccidere sarebbe piovuto, con risultati meno devastanti sui corpi di tristi donnine allegre.

Della pioggia cui tanto somigliava, Jack aveva le fasi.

Fase di Saturazione: quando la goccia faceva traboccare il vaso di Pandora e la vita di tutti i giorni non bastava più diventando la vita di certe notti.

Fase di Condensazione: quando l'odio condensato costituiva la nube, in cui gocce taglienti come strumenti chirurgici restavano in sospensione a causa delle proprie piccole dimensioni che le rendevano simili a lamette. Ideali per un suicidio. Improbabili per un omicidio.

Fase di Precipitazione: quando Jack finalmente pioveva. Grandinava e le vittime, bagasce alcolizzate, vittime soprattutto di se stesse e di quel piovoso 1888, diventavano le sue vittime. peripatetiche con pere patetiche, sezionate col bisturi per farne macedonia di carne. La prima di Mary Nichols, rinvenuta in Buch's Row un venerdì di fine agosto a tarda notte.

La testa semirecisa e due squarci dall'addome al seno. Mary era brutta come il peccato e per quanto la bruttezza non possa essere considerata un peccato, peccato (per lei) che fosse così brutta. Fosse stata bella, avrebbe imbarcato un marinaio e, mentre Jack pioveva, non si sarebbe trovata lì. Povera Mary Nichols, non certo santa come Mary Goretti, ma nemmeno insensibile come la pioggia. Passeggiavi come una passeggiatrice. Nervosamente battevi il tempo come una battilografa. Toc toc toc. Londra ha due peculiarità oltre alla Regina Vittoria: la nebbia e la pioggia. Perciò, vecchia Mary, perché stupirti della nebbia? Toc toc toc ritmano i tuoi tacchi. Perché stupirsi della nebbia. Ma Jack è furbo, Mary. Quella che vedi non è nebbia. È una nube che vola rasoterra fingendosi nebbia. Contiene (sorpresa) Jack in fase di condensazione. Tu tacchetti tagliando la nebbia, ignara che la nebbia sta per tagliare te. Toc toc toc. Impossibile, Mary, che stavolta si tratti dei tuoi tacchi, visto che ti sei fermata. Toc toc toc. Ma certo, è pioggia. Pioggerellina d'agosto. Jack piove. Addio Mary. Scrivici.

*L'io narrante*

Che attendibilità si può dare alle parole di un uomo che racconta stipato in un armadio? Come se la verità non potesse uscire da un armadio anziché dalla voce di un bambino. Il fatto che io vi stia raccontando queste cose, che sono, scoprirete, atrocità, ha una spiegazione. Che mi diate credito o meno, è irrilevante ai fini della verità. Vivo in un secolo in cui ogni famiglia ha il proprio scheletro nell'armadio. Le famiglie più abbienti hanno anche botti di Amontillado in cantina. Ma se nessuno dubita dell'esistenza di uno scheletro nell'armadio, quanti crederebbero all'esistenza di un nano, nello stesso armadio? Eppure sono qui e non precisamente per mia volontà. Ogni storia ha un principio ma nessuna storia ha veramente una fine, se non quella del narratore. Il principio della mia storia è tutto ciò che vi posso dare. Quanto alla fine... Siamo nelle mani di Dio e sotto il tallone di Achille. Sono un nano, un nano italiano. Ironia della sorte, mi chiamo Massimo. Prima che storciate il naso per un distorto senso dell'estetica, sappiate che artisti come Mantegna, Raffaello, Velàzquez, Carpaccio, Goya e Van Dyck hanno immortalato nani mentre, a quanto mi risulta, non si sono mai presi la briga di immortalare voi. Scusate il livore ma la prigionia, sia pure in un armadio, inasprisce. La cattività incattivisce.

Vivo in un'epoca relativamente agevole per un nano. Sono vezzeggiato, esibito, coccolato, introdotto a corte. Ho un agente, un certo Barnum, un americano di un metro e ottantacinque, grazie a cui ho girato il mondo. qualche tempo fa me lo ha rinfacciato. Gli ho risposto:

"Senza di me, altro che Buckingam, potresti al massimo entrare in un circo".

La Regina Vittoria è piccola e grassoccia. Fosse per me non l'assumerei come dama di compagnia, ma Vittoria è regina e Dio la salvi da un'altra Rivoluzione francese. Vittoria è umorale. Quando mi prende in braccio la prendo in giro. Io se non altro sono un bellissimo nano. Vicky, ridotta alle mie dimensioni, renderebbe sguaiate le risate delle allegre comari di Windsor. Prima di me, Barnum aveva portato a corte un collega, un certo Tom Thumb, detto Il Generale, che, invecchiando, coltivò il vezzo di farsi crescere la barba e perciò non venne più baciato da donne e bambini. Ho una certa istruzione e una smisurata intelligenza. Sono molto più intelligente di Vicky, tanto intelligente da non farglielo capire. Vittoria ha fatto in modo che Barnum mi offrisse in dono. Barnum ha abbozzato e così sono rimasto a Londra, una città che mi ricorda Firenze. Nel senso che odio talmente Londra da ricordarmi continuamente della natia Firenze. Vittoria mi pastrugna quando è soddisfatta di me. Poi, con repentini mutamenti di umore, diventa intrattabile e possessiva. "Sei il mio nano", dice. Le faccio notare che Caterina de' Medici, italiana, ne aveva ben sei. Vicky gonfia le guanciotte, incerta se esplodere in espressioni poco regali o in una risata da fantesca. È pudica, in fondo.

A corte ogni tanto si presentano fenomeni da baraccone che cercano di soffiarmi il posto. Alcuni sono miei connazionali. Ci hanno provato Arturo, l'uomocanguro, un tale di Modena che tutt'al più saltava i pasti, Vittorio Sacchi, detto il Pescespada, poiché di volto ricordava un cavedano ed era assai abile col fioretto, Massimo Mosquito, l'uomo invisibile, una tale nullità che nessuno si accorgeva di lui. Qualche problema me lo ha dato il Grande Santini. Il Grande Santini è un illusionista di Montecatini Terme. Bello, quasi come me, ma molto, molto più alto. Santini dal cilindro estrae conigli, topi, mandrilli, ornitorinchi, polenta e usei. Sentivo vacillare il mio piccolo trono in grembo a Vittoria, quando lei ha chiesto a Santini il numero della donna segata in due. Il Grande Santini ci ha provato, ma era talmente emozionato che, nel corso del numero, si è segato un dito. Così sono rimasto a corte. Con qualche libera uscita, prevalentemente di natura femminile. A qualcuna piace corto. C'è poi il fatto, ricordate, che qui, per pruderie, si coprono le gambe dei tavoli. Ecco un vantaggio nell'esser nano: io sguscio sotto i tavoli, schivo il legno e mi occupo delle gambe delle commensali. Talvolta, quando mi stanco di duchesse, con una carrozza raggiungo Withechapel e mi accompagno a donne in vendita, per provare il gusto di non esser pagato. Negli ultimi tempi è pericoloso. C'è in circolazione uno squilibrato che macella prostitute. Vicky è preoccupata. Mi ha confidato il proprio timore che possa trattarsi di suo nipote, il duca di Clarence. Resti tra noi, naturalmente. In ogni caso, questo squartatore ha reso Whitechapel invivibile. Un po' come il Colosseo quando c'erano i leoni. Così ho ripiegato su una amante fissa, Charity, la moglie di un medico. Le faccio visite a domicilio, come lui. Charity è alta un metro e ottanta, ha i lineamenti equini, ma nell'intimità si trasforma in una puledra impudica. Spergiura di essere fedele a me e a suo marito, ma... Qui c'è un ma e io sono nell'armadio. Charity e io ci eravamo accomodati sul sofà. La dolce cavalla mi aveva sollevato e piazzato sul comò. Dopo una bottiglia di sherry canticchiava "Ambarabà cicì cocò un nanetto sul comò – fornicava a tutte l'ore – con la moglie del dottore..." Quando...

Da questo momento in poi proseguirò il racconto al passato remoto. Per render più lontano il mio presente.

Qualcuno bussò. "heaven, my husband!" gridò Charity inesorabilmente in inglese. "Ma non avevi detto che non sarebbe tornato prima delle otto?" le chiesi dal comò. Charity non rispose e sollevandomi con forza erculea mi spinse sino a un armadio in cui mi rinchiuse, non senza avermi dato prima un bacio. Con la lingua. Dal buco della serratura osservai la scena, issandomi su abiti sovrapposti.

Charity aprì la porta. Entrò un ometto, un po' più alto di me, ma lui non era nano. Guardò Charity e le chiese: "C'è tuo marito?". Lei rispose di no. "Bene" disse l'ometto che somigliava alla Regina Vittoria, ma in brutto, il che è tutto dire.

Charity si spogliò e il suo amante, meno male che era fedele, ringhiando le gridò: "Ti faccio fare il giro del mondo in ottanta minuti". Un dubbio atroce sorse in me. Se Charity si accoppiava con quel bruto, forse veniva con me unicamente perché mi considerava uno scherzo della natura. Eh, no, perbacco! Tra un nano e uno scaricatore dei Docks c'è una certa differenza sociale. Il bruto, impugnando una lama, iniziò a giocherellare col seno di Charity. Dio: Jack lo Squartatore! A rapporto avvenuto Jack lasciò Charity sfinita e, sogghignando, la minacciò: "Se dici qualcosa a tuo marito, ripasso!". Uscì come esce il vento. Uscii anch'io come esce un nano; Charity piangeva dal dolore, o di libidine. Anzi, non piangeva, nitriva.

Ecco il segreto di Charity: era sì fedele a me e a suo marito, ma più che un altro amante, aveva uno stupratore fisso. Un mostro.

Cosa c'è di più ignobile di stuprare. Forse solo squartare. Jack lo Squartatore era anche Jack lo Stupratore. Stavo per consolarla quando il batacchio alla porta manifestò un'altra presenza. "Heaven, my husband" ripeté Charity ricacciandomi nell'armadio.

Stavolta era veramente suo marito, un omaccione nobile e corrucciato, un Otello in bianco. L'aspetto apparentemente severo palesava una gelosia ampiamente meritata.

"Dov'è?" disse il dottore. "Dov'è il tuo amante?" ripeté pletorico, grosso e cattivo. Charity singhiozzò. Da venti minuti non faceva altro. "Dov'è? sii sincera, so che viene qui quando non ci sono."

In una pochade star chiusi in un armadio non è pericoloso, ma la pochade è francese e noi eravamo a Londra. Come mi mancava Firenze.

Prima che il marito di Charity si avvicinasse all'armadio, il batacchio diede nuovi segni di vita. Charity corse ad aprire. Un uomo intabarrato irruppe nella già troppo affollata stanza. Il mantello era zuppo. Perché fuori pioveva.

*Lui squartante*

Accade che la pioggia sia rossastra. Sono solo limi rossi frequenti nelle savane tropicali. Talvolta polline. Il fenomeno si verifica anche in Sicilia o a Malta. È più frequente negli Stati Uniti dove le polveri provengono dalle regioni asciutte dell'Ovest. In ogni caso, ovunque avvenga, la terminologia corrente riassume le manifestazioni col nome di "pioggia di sangue".

Dopo Mary, Annie. Annie Chapmann, un venerdì di settembre in Hamburry Street. Quarantasette anni, numero civico 29, squartata il sette settembre. Se Annie avesse avuto sette anni e avesse albergato al numero civico 47, venerdì 29 settembre sarebbe stata ancora viva, invece: "Collo tagliato alla base della spina dorsale. Interiora asportate e poste su una spalla. Utero rimosso e irreperibile".

Dopo Annie, Elisabeth. Elisabeth Stride, Long Liz per la sua statura. Quarantacinque anni di vitaccia. Ma mai come quel 30 settembre. Nessuna mutilazione al numero 40 di Berner Street. Sangue caldo, come se Jack, interrotto improvvisamente, fosse stato costretto a occuparsi di qualcun'altra meno lunga da squartare.

Dopo Elisabeth, Catherine. Catherine Edoowes, la stessa notte. Quarantatré anni, gola tagliata. Un dispetto, una ripicca, in Mitre Square. E poi, dopo la gola, il resto. Intestini estratti e attorcigliati al collo come una collana, un dono non richiesto. Ovaie e reni, dove sarete?

Dopo Catherine, Mary. Mary Kelly, venticinque anni. 9 novembre, 13 Miller Court. Uccisa in casa. L'unica bella. L'unica ammazzata a casa. Forse per rispetto alla bellezza. Massacro a domicilio: gola tagliata, senza più naso, il seno, col cuore e i reni, sul comò. Addome aperto. Fegato sulla coscia destra. Utero, uccello di bosco. Ciao Mary, Annie, Elisabeth, Catherine e, di nuovo, Mary. Il ciclo è chiuso? Fortuna che, nonostante il corpo vada come vada, c'è sempre l'anima.

Jack lo Stupratore, sparito da Whitechapel, non colpì più. Più che pioggia, in fondo, era stato un diluvio universale, e come tale destinato a non ripetersi. È entrato nella mitologia, aspetto pagano e sanguinario di alcune religioni. Come mai sei sparito Jack? Qualcuno ha sicuramente la risposta oltre a te. Ma che attendibilità si può dare alle parole di un nano stipato in un armadio?

Che attendibilità si può dare alle parole di un uomo stipato in un armadio? Se poi quest'uomo è un nano, vi sembrerà sempre una mezza verità. Eppure, mezza verità è quanto di meglio ci possa essere. Non sei costretto ad accettarla come se fosse intera, e quel cinquanta per cento di libero arbitrio che ti rimane, puoi spenderlo come moneta corrente con le tue opinioni.

Ecco, io ho il vantaggio di raccontare mezze verità. Se aggredisco ho la compensazione dell'altra metà, quella docile, quella che si presta al dialogo anziché alla condanna. La mia metà non evidente è la mia giustificazione. È quella che mi ha esonerato dal militare perché ero troppo basso, e mi esime dall'esprimervi cosa provo nei confronti della vostra incredulità. Il resto è il piacere, la libidine nello scoprirvi increduli e saccenti. Vittoria, la grassa Vicky, non mi ha confinato nel carcere di Reading unicamente perché pensava che scherzassi, raccontando la mia mezza verità. La regal cicciona era convinta di colmare il vuoto della metà mancante col proprio presunto buonsenso, con la sua nobiliare attitudine alla regale regola di "convenzionalità". Eppure, Vicky, quando finirai col credere a quello che ti sta dicendo il tuo arrogante giocattolo, abdicherai come *minimo*. E io mi chiamo *Massimo*.

L'uomo intabarrato si scrollò pioggia e sangue. Charity lo guardò turbata, positivamente turbata. Il marito gli si avvicinò e gli prese il mantello: "Scusatemi ma la servitù si è licenziata ieri". "Per maltrattamenti" fece eco Charity civettuola. Il visitatore lasciò fare, mellifluo. Lo riconobbi immediatamente: il Grande Santini, quell'illusionista fallito e gigolo a tempo pieno. Un ennesimo amante di Charity. Solidarizzai con la silente, nobile gelosia del marito.

Santini, benché come illusionista fosse mediocre, era un uomo di mondo: "Mi posso presentare? Sono il Grande Santini". "Onorato" rispose il consorte di Charity. "A cosa debbo l'onore?" proseguì. "Fuori piove e c'è in giro quell'uomo quel Jack. Pare che ci sia stata un'ennesima vittima." "Disdicevole" commentò il becco, mentre Charity si mangiava con gli occhi il Grande Santini. Giurai a me stesso che avrei smesso di frequentarla. Una grande fitta di gelosia nel mio piccolo cuore. No. Non che amassi quella cavalla storna di Charity. Ero geloso del Grande Santini. Lui aveva saputo affrontare il marito senza essere costretto a nascondersi in un armadio.

"Posso offrirvi uno sherry, Santini?" chiese il padrone di casa. "È un onore e un piacere bere con un ospite così squisito" replicò quel leccaregine di Santini. L'idillio borghese si ruppe quando Santini, distratto come sempre, si lasciò sfuggire un coniglio dalla tasca della giacca.

"Oh, voi amate gli animali..." constatò Charity estasiata. Il cornuto dignitoso, il medico, pur non essendo veterinario, rilevò un'anomalia sulla pelliccia dell'animale: "Ma, Santini, scusatemi, sembra chiazzato". Il Grande Santini, imbarazzato, cercò di cambiare discorso: "Sentite fuori che grida? Stanno cercando lo squartatore. Pare che abbia colpito di nuovo". Charity, ripensando al suo stupratore, esplose in un: "Che non lo scoprano mai!". "Cosa?" chiese il dottore. "Cosa?" ribadì Santini. "Cosa?" pensai io.

Il coniglio chiazzato era ormai nelle mani del marito di Charity. L'uomo lo studiò a lungo, lo analizzò e poi concluse: "Sapete Santini, io avrei voluto fare il veterinario. Amo gli animali, tant'è vero che mia moglie sembra una cavalla ed è una vera vacca".

"Ma, Henry..." ribatté Charity. "Chiudi il becco, tu. Caro Santini, so che mia moglie ha molti amanti. Bruti che recupera nei bassifondi, scaricatori di porto, nani persino, ma faccio sempre finta di niente." "Lodevole signore" adulò Santini. "Lodevole, un par di pari d'Inghilterra. Sarò cornuto per salvare le apparenze ma so riconoscere il sangue. E questo coniglio, caro Santini, è insanguinato."

Santini sorrise di un sorriso che non gli conoscevo. "Confidenza per confidenza, caro Anfitrione, il sangue che vedete sul coniglio è sangue umano." Santini estrasse un bisturi: "Io sono Jack lo Squartatore". "Impossibile" pensai "e la bestia di prima?" Il Grande Santini, insensibile ai miei pensieri, continuò: "E non lo faccio per libidine. Non me ne frega niente. Poi... figurati... prostitute... Lo faccio perché sono il Grande Santini. Sai perché non vivo a corte? Per colpa di un nano maledetto che si tiene arroccato al suo posto. Non ho avuto successo a corte perché non mi riusciva il numero della donna segata in due. Così ho deciso di allenarmi in privato. Ho scelto come cavie rifiuti della società. Le ho segate, vivisezionate, ho fatto di tutto, ma non mi riesce". Il Grande Santini scoppiò a piangere. Era molto più piccolo di me. Charity urlò. Il marito, composto, rispose: "Capisco cosa provate, ma vi prego, lasciate cadere quel bisturi". "Mai", rispose Santini, "Io voglio tornare a corte, costi quel che costi" e affondò il bisturi nel fegato di Charity. Il marito corse ad abbracciarla. L'amava, nonostante tutto, nonostante gli amanti, nonostante me. Poi si avventò su Santini. Ci fu una colluttazione. Il cornuto era forte, ma il Grande Santini era agile. Il bisturi volò lontano dalle mani use a uccidere, segare, tastare. Santini, sanguinario più che mai, cominciò a mordere, cercando la giugulare. Se la donna tagliata a pezzi non gli veniva bene, con l'uomo fatto a morsi aveva fatto progressi.

Santini lasciò il medico accasciato e in fin di vita. Si pulì le labbra con una manica, come un vampiro maleducato.

Starnutii. Come può un raffreddore scoppiare come la Guerra delle Due Rose? Un raffreddore romantico? Ma nocivo. Il Grande Santini, con le pupille dilatate e il bisturi in mano, si avvicinava all'armadio da cui stavo scrivendo:

da cui sto scrivendo. Santini sta per aprire l'armadio quando...

Quando nell'orizzonte del mio buco della serratura vedo irrompere il bruto, il sadico amante della defunta Charity, lo scaricatore di porto.

La bestia è addosso alla bestia. Santini ha il rasoio, ma la bestia ha la forza. Lo piega, lo spezza e lo ripiega. Infine, comincia a mangiarselo. Sopraffatto dall'orrore chiudo gli occhi. Quando li riapro noto, sempre dallo stesso buco, una figura sanguinante che mi si avvicina. È attonita e turbata. Miracolosamente è sopravvissuta allo scempio. Ciò che non hanno fatto le bestie farà un marito geloso. Apre l'anta di cui sono prigioniero. Sbircio alle sue spalle: non c'è traccia dello scaricatore. Gli abiti che al bruto andavano larghi, sul marito di Charity sono perfetti.

Questa è la mia ultima frase: "Posso spiegarle tutto, dottor Jekyll".

## VIII.

DOTTORESSA B: *Sa cosa mi piace di lei?*

IO: *Che le pago il suo onorario in contanti? Scherzo, spari pure. Sa che sono narcisista come un pavone con più ruote di un camion Bilico, dodici più le due della motrice.*

DOTTORESSA B: *Ha appena risposto alla mia domanda. Quando mi racconta qualcosa la rende visiva. Ha mai pensato di dipingere?*

IO: *Sono negato, però c'è un pittore di cui vorrei parlarle...*

### *Insalata Gioconda al tavolo uno*

La Gioconda era imbronciata. O forse assorta come Mario Picci di fronte all'insalata caprese, che gli porgeva un cameriere sudatissimo sull'assolata veranda dell'hotel Marmolada, una ex cartiera a picco sulla costiera amalfitana.

Agosto giustificava il sudore del cameriere e, di conseguenza, anche quello di Mario Picci. Ma agosto, sempre lui, non giustificava il tremito a intermittenza delle mani di Mario Picci. Una giustificazione c'è sempre. E il cameriere pensava che Mario Picci fosse un musicista ispirato in esercizio su di un pianoforte immaginario.

Mario Picci non era mai stato pianista. Innanzitutto Mario Picci non era mai stato Picci Mario: detestava venir interpellato col cognome seguito dal nome. Per questo motivo aveva disertato il servizio militare. Detestava gli appelli. Per lo stesso motivo, dopo la scuola dell'obbligo, si era disobbligato conducendo a occhi chiusi e su strade impervie, una vita d'artista.

E se sei un pittore come Mario Picci, alle 14,30 nel ristorante dell'albergo, di fronte a un piatto di insalata caprese, non puoi fare che queste considerazioni: "Ho di fronte a me un pomodoro e una mozzarella. Perfetto per una natura morta, però il pomodoro è tagliuzzato, diviso, tranciato, dunque l'insalata caprese è una natura morta a cui hanno fatto l'autopsia".

Mario Picci non era pazzo. Aveva finto di esserlo un paio di volte e gli altri ci avevano sempre creduto. Era stato ritenuto "pericoloso a sé e agli altri" ma Mario Picci aveva sempre preferito egocentricamente la propria distruzione a quella degli altri. Per questo e null'altro motivo era stato un alcolizzato, un grande consumatore di psicofarmaci, un suicida dilettante, un pittore maledetto e l'uomo di fiducia, scarsa fiducia, di un camorrista di mezza tacca che si faceva chiamare il Greco. Già, il Greco, proprio come il pittore de *L'elemosina di San Martino*, che riposava alla Galleria Nazionale di Washington. Senonché il Greco (pittore) era riuscito a superare il manierismo, mentre il Greco (camorrista) non aveva mai imparato le buone maniere. Il Greco (camorrista) aveva detto a Mario Picci: "Guagliò, tu che vai a Capri a vendere le tue tele, sei una scafuzia ma sembri del folclore. Quando sei là, piazzami questa roba. Io sono tenuto d'occhio, ma se pensi di squagliartela ti taglio il pizzardone". El Greco (il pittore) non si sarebbe mai espresso così.

Mario Picci era andato a Capri. Capri, venendo da Napoli, ha la configurazione di un nudo femminile disteso. Anzi, per essere più precisi, ricorda proprio la *Venere giacente* detta la "Venere d'Urbino" di Tiziano Vecellio.

In ogni caso, donna o isola che sia, Capri aveva instillato in Mario Picci un desiderio di bella vita che mal si conciliava con la mala vita di cui era, provvisoriamente, fattorino. Così aveva venduto la "roba" a chi di dovere, si era fatto consegnare i contanti, e con un gettone telefonico che faceva parte dei contanti appena ricevuti, aveva chiamato la polizia e fatto arrestare il cattivo samaritano cliente del Greco. Poi, dileguatosi coi soldi, si era convinto che se Picasso era uscito dal Periodo Blu, lui si sarebbe potuto liberare dal periodo nero.

Immaginando che il Greco e i suoi amici lo stessero cercando molto, molto lontano da Capri, con un aliscafo era sceso ad Amalfi e da lì la breve fuga era terminata in un bel quattro stelle sulla costiera, frequentato prevalentemente da cittadini britannici.

Non era rimasto con le mani in mano in quelle due settimane: aveva dipinto in nero per il mistero e con sferzate di colori per risolvere violentemente il mistero. L'opera non aveva titolo né firma. L'aveva dipinta con mani tremolanti per la tensione e per gli antichi abusi. Adesso la tela era lì, una tela vicina a un'insalata caprese. Gli inglesi che gli passavano accanto gettavano una sbirciatina, si limitavano a un "wonderful" e dall'arte passavano al gin tonic.

Una voce nota interruppe le elucubrazioni di Mario sui pomodori: "Ti stavo proprio cercando".

Mario alzò lo sguardo e si vide davanti la sagoma tarchiata e napoleonicamente maestosa dell'ammiraglio De Causis: "Ammiraglio! Che ci fa qui?".

"Cosa fai tu, qui. Dovresti essere in Messico o almeno a Cinisello Balsamo. Il Greco ti sta cercando e dubito che sia per offrirti un lavoro."

Mario abbracciò De Causis: "Non mi frega niente di essere trovato dal Greco. Sono contento di essere stato trovato da lei. Ricorda quando ci siamo conosciuti?".

"Come no. Un paio d'anni fa a Milano. Io passeggiavo in Galleria e tu mi compari davanti con una camicia di fortuna e i pantaloni del reparto neurologico dal quale eri scappato. Mi hai guardato e mi hai detto: 'Lei ha degli occhi intelligentissimi. Mi può comprare un paio di pantaloni per cortesia?' Sono rimasto folgorato dai tuoi pantaloni e dalla tua educazione."

De Causis aveva una sessantina d'anni e Mario una trentina, ma si erano sentiti accomunati da una sorta di istantanea elezione. L'ammiraglio De Causis era ammiraglio quanto Mario era pazzo. Entrambi fingevano di essere qualcosa perché preferivano essere fraintesi a propria scelta, che capiti a scelta altrui.

"Lei mi ha comprato i pantaloni, mi ha consigliato

di lasciare la mia ragazza, quella ballerina che era fuggita con me da Neurologia..."

"Per forza. Era ballerina in un teatro off, un'intellettualoide senza forme che danzava vestita da palombaro. Un paio di mesi con lei e saresti diventato davvero pazzo."

"Già, poi ha insistito perché riprendessi a dipingere e mi ha comprato tutti i nuovi lavori anche se mi venivano uno schifo. A proposito, come giudica questo?"

"Uno schifo. Lo compro." Risero, poi tornò la tensione.

"Senti Mario. Ti ho suggerito di venire qui perché il mio amico Camera aveva una galleria. Chiedo notizie e scopro che ti sei infognato con il Greco."

Mario Picci guardò il suo corpulento mecenate: "Se ne vada ammiraglio. Non voglio che corra rischi per me".

De Causis cercò di protestare ma Mario fu irremovibile: "Non voglio che per un paio di pantaloni in prestito lei rischi la vita".

L'ammiraglio rinculò come se vedesse Mario dipinto sullo sfondo di un paesaggio per l'ultima volta. Mario si alzò lasciando intatta la caprese scese i gradini che conducevano dal ristorante alla piscina.

Si bagnò i piedi guardando gli inglesi che sguazzavano festosi, poi alzò gli occhi al ristorante giusto in tempo per vedere il cameriere volare controvoglia verso la piscina, infrangendosi sulle rocce circostanti.

In cima agli scalini spiccava l'emaciata volgare figura del Greco accompagnato da due putti muscolosi. Mario fece loro un cenno e gridò: "Non disturbatevi a scendere. Salgo io". Mario salì madido di sudore come solo sanno esserlo gli ex camerieri. Se li trovò davanti. Lo scortarono al tavolo che lui aveva precedentemente occupato. Il Greco cominciò a giocherellare con la caprese di Mario Picci.

Mario guardò i due gorilla: chissà come si chiamavano. Il Greco si chiamava come El Greco, ma Mario Picci pittore, aveva notato che spesso i pittori hanno nomi da gangster: Pieter Van Laer era detto "il Bamboccio" come una mezza calzetta del crimine, Sebastiano del Piombo si commenta da sé, Jan Gossaert era detto "Mabuse", proprio come il dottor Mabuse, il genio del crimine dei film di Fritz Lang.

"Quindi, per contrasto, – pensò Mario – i gangster hanno nomi da pittore."
"Come vi chiamate?" chiese ai guardaspalle del Greco.
"Michelangelo."
"Raffaello", risposero a raffica.
"Mannaggia", pensò in napoletano Mario Picci. Mario era magro, emaciato sotto l'abbronzatura, non avrebbe mai retto a un corpo a corpo con loro.
Con la bocca piena di mozzarella e pomodoro El Greco parlò: "I soldi. Voglio i soldi. E poi puoi decidere se morire bene o morire male col pizzardone a fette". Il Greco non sudava. Era naturalmente lucido come un'oliva. Greca.
Mario Picci avrebbe voluto essere ovunque purché lontano da lì. Avrebbe persino desiderato rientrare a "Villa Felice", la clinica dove curavano la gente che come lui aveva abusato di psicofarmaci, ingozzandoli di psicofarmaci.
In quel momento l'ammiraglio De Causis irruppe come *La tempesta* di Alessandro Magnasco detto il "Lissandrino". Si era vestito da cameriere e reggeva un vassoio con tre insalate capresi. "Avete ordinato voi le capresi?"
"No" risposero Michelangelo e Raffaello.
Fu l'ultima cosa che dissero. De Causis fu loro addosso. Si azzuffarono tra mozzarelle e pomodori. Mario Picci paralizzato auspicava l'arrivo dei *Due carabinieri* di Rosai. Fossero stati pure di Amalfi sarebbe stato lo stesso.
Lo scontro finì con i due putti stesi e De Causis in piedi, sanguinolento, irriconoscibile tra mozzarella e pomodoro, coi lineamenti ridotti conciati come quelli di una *demoiselle* d'Avignon.
Il Greco fece per estrarre qualcosa dalla tasca quando Mario scattò. Sollevò la propria tela, la calò sulla testa del Greco imprigionandocelo. Poi, presa la rincorsa, scaraventò tela e incorniciato verso la piscina dove gli inglesi stavano ancora gridando per il primo cadavere.
Fatto ciò, Mario Picci si avvicinò a De Causis: "Sta bene?".
"Abbastanza. Mi dispiace per il tuo dipinto."
"Non importa. Non era un granché. Ora sono pronto per il mio capolavoro." Le mani non gli tremavano più.
La Gioconda sorrise.

## IX.

DOTTORESSA B: *Complimenti. Ho visto che finalmente è riuscito a pubblicare un articolo sulle pagine della cultura del* Giornalissimo.

IO: *Già, un articolo sui serial killer.*

DOTTORESSA B: *Nessun problema di identificazione, spero.*

IO: *No, ma mi piace la contraddizione dei termini. Come si fa a definire "seriale" un essere talmente e tragicamente unico da ammazzare così tante persone?*

DOTTORESSA B: *Non sono poi così unici. Pensi a quanti ce ne sono in circolazione.*

IO: *Sa che ha ragione? Per questo la pago. Però ne ho conosciuto uno speciale...*

### *Muori subito o ti ammazzo*

Non si muore mai di morte naturale. O ti ammazza il cancro o la vecchiaia, autentici pirati della strada che in una notte scura, o in un'alba livida di un pomeriggio noioso, ti travolgono a un incrocio mentre con la testa tra le nuvole stai facendo un bilancio. Stai contando i tuoi anni, le tue bugie, i tuoi sbagli, i crediti e i debiti di un'esistenza alla piastra la cui gioventù è, in effetti, bruciata. Arriva la morte, naturale un corno, e ti comprime tra una fetta di terra e una fetta di cielo. Fa di te un uomo sandwich. Vieni divorato dal fato, il marito geloso e cannibale della Fata di cui eri innamorato da bambino.

Il tuo sangue è senape e il tuo corpo, un tempo forte, ha la consistenza di crauti, quanto mai appetitosi per dei vermi teutonici. Muori. Chiuso. Kaputt. Naturale? Naturale un kaiser. L'oroscopo in effetti diceva "Farete un viaggio" ma non pensavi certo che fosse l'ultimo. Meglio morire di morte innaturale allora. Ribellarsi all'inesorabile tempo biologico e abbracciare la morte, anche se è scheletrica e non ti attizza, prima che prenda lei l'iniziativa. No. Non sto parlando di suicidio, ci mancherebbe altro. La morte è già barbara, almeno che non sia barbiturica. Sto parlando dell'omicidio. Si tratta di corteggiare la morte offrendole, galanti, anziché un mazzo di fiori, persone a cui hai fatto il mazzo. Vittime cadeaux. Cadaveri ripieni come cioccolatini. Lei apprezza, la signora con la falce e il martello (è comunista: per lei siamo tutti uguali), e ti lascia un po' di tempo in più. Conosco i maniaci omicidi; ho avuto modo di studiarli. Ho spesso parlato con loro cercando di capirne le motivazioni. Questa è l'epoca dei serial killer. Bisogna occuparsene. Altro che il Fornaretto di Venezia o la Certosa di Parma. Il mostro di Firenze sì, è al passo coi tempi. Tempi di vittime anonime e di assassini primedonne, bizzosi come dive del cinema muto. Gente interessante comunque. Personalità disturbate dal sovraffollamento del pianeta. Ho ascoltato le loro confessioni senza l'ausilio del registratore. Ho catalogato i loro deliri di onnipotenza. Sono come bambini troppo vivaci che, rotto un giocattolo, passano al successivo. Quando giocano a mamma e papà fanno la parte dell'uxoricida. Se preferiscono il Lego, torturano la propria vittima dopo averla legata e imbavagliata. Quando emulano l'"allegro chirurgo" usano bisturi affilati. Alle feste fanno il gioco della bottiglia, solo che la rompono e ne usano i cocci acuminati. Quando la polizia li cerca giocano a nascondino. Sono bambini, ripeto. Temono il buio, i rimproveri della mamma e gli scapaccioni del linciaggio pubblico. Non li condanno. Li esamino. A volte per conquistarmi la loro fiducia mi fingo perfino amichevole. Anche il più ottuso di loro suscita il mio interesse. No. Non sono uno psichiatra né un assistente sociale. Permette che mi presenti: mi chiamo Jacopo Mortis, in arte lo Squartatore del Giambellino. Professione, maniaco omicida.

Mi hanno beccato a causa della mia distrazione, ma si sa, noi artisti siamo sempre un po' distratti. Ho dimenticato vicino alla mia ultima vittima, una tabaccaia di 140 chili, la prova che ha permesso loro di incastrarmi. Di solito, vicino a ogni cadavere lasciavo una lettera anonima di sfida alla polizia. Ogni mio messaggio diceva più o meno "Razza di babbioni, non mi prenderete mai. In fede, lo Squartatore del Giambellino", oppure poesiole a guisa di indovinello, tipo:

Cos'è quella cosa
che è un po' macellaio
e un poco dottore.
Non è una mimosa
né un frate col saio,
è lo Squartatore.

Fare a pezzi un colosso di donna richiede tempo e fatica. Alla fine dell'opera ero talmente stanco che mi sono confuso e, anziché lasciare la lettera giusta, ho infilato in bocca al cadavere una busta che conteneva un sollecito della Rai. Quando mi hanno arrestato ho cercato di protestare vivamente: "Ragazzi, mi sembra eccessivo tutto questo dispendio di poliziotti perché sono in ritardo con il canone". Non c'è stato niente da fare. Unica soddisfazione, il giorno dopo ero su tutti i giornali in prima pagina. Al processo, seguendo i consigli del mio avvocato, ho cercato di ottenere l'infermità mentale. Stava andando tutto bene quando l'avvocato Trombonis ha calcato la mano. Durante la sua arringa si è permesso di dire: "Guardate quest'uomo. È un semideficiente". Sono intervenuto: "Eh, no, bello, deficiente sarai tu. Io conosco a memoria *Atomismo e logica* di Bertrand Russell". Mi sono dato la zappa sui piedi. Che è sempre meglio della zappa in testa che avrei dato al giudice. Nella Repubblica federale d'Europa e America riunite vigeva la pena capitale. Così mi hanno spedito nel braccio della morte. La morte però non ha solo un braccio. Possiede gambe, piedi, collo, natiche... Eravamo in parecchi in attesa dell'esecuzione. Fortunatamente un altro giro di elezioni (ci sono più elezioni che lotterie) ha abrogato la pena capitale. Siamo stati trasferiti, tutti noi pluriassassini, nell'istituto di rieducazione per mostri "Henri Landru". Non ci si sta male. C'è un enorme cortile dove gli ospiti socializzano tra loro guardati a vista dalle torrette, in cui le guardie munite di Uzi controllano che non scoppino tafferugli. C'è un muro che ci divide dal reparto femminile. Un giorno, grazie ad alcuni colleghi che mi hanno fatto la scaletta, sono riuscito a sbirciare. Ragazzi, che spettacolo orripilante! Le femmine al di là del muro erano autentici "mostri", roba di fronte alla quale la mia tabaccaia sembrava la *Venere di Milo* (e infatti, le ho staccato le braccia). Nel mio reparto c'è gente di tutti i tipi: patiti della sega elettrica, aficionados della mannaia, scalpatori di infermiere. Il mondo è brutto perché è vario. Non siamo molto solidali tra di noi. Ognuno, all'inizio, si proclamava vittima di un errore giudiziario. Me compreso. Poi ci siamo arresi all'evidenza e ci siamo raccontati tutto. Qui è come al bar. Si esagera sempre. Ulrico Takenda, accusato di aver imbalsamato venticinque nani, sostiene di averne uccisi in realtà almeno ottanta. Un vero mitomane. Anch'io del resto le ho sparate grosse. Mi sono vantato di aver squartato sessanta persone, mentre erano solo ventuno. Si inganna il tempo così, passeggiando nervosamente in questo cortile in attesa che venga il rimorso a portarci un po' di novità. L'unico vero amico che mi sono fatto è lo Zodiaco. Lo chiamano così perché uccideva le persone in ordine zodiacale. Ha ammazzato un Capricorno, un Acquario, un Pesci, un Ariete, un Toro, un Gemelli, un Cancro, un Leone, un Vergine, un Bilancia, uno Scorpione, un Sagittario. Era pronto al secondo giro ma la sua ossessione lo ha fregato. Girava per le strade della sua città chiedendo ai passanti: "Di che segno sei?". La polizia aveva diramato un comunicato in cui avvertiva la popolazione di segnalare chiunque ponesse quella domanda. Lo Zodiaco è un tipo smilzo, emaciato. Per mietere vittime si aiutava con un martello. Quando ci hanno presentati gli ho detto: "Ti vedo triste. Non dirmi che sei l'unico tra noi a provare rimorso". "Macché, mi dispiace solo di non essere riuscito a portare avanti il lavoro. Proprio adesso che ero arrivato all'ascendente." Quando lo Zodiaco mi ha domandato di che segno fossi, prudentemente non gli ho risposto. Però è un bravo ragazzo. La dottoressa Imma Zuko, psichiatra all'"Henri Landru", con cui ho imbastito una relazione, mi ha rivelato che per capire lo Zodiaco bisogna risalire alla sua adolescenza. Quando andava alle feste di liceo, per imbarcare qualche ragazza, lui timido e bruttino cercava di attaccare conversazione con un "Di che segno sei?" per conquistare i cuori. Loro rispondevano picche. Bel quadro, eh? E allora fiori alla memoria. La dottoressa Zuko non è male: bionda, occhi azzurri, sulla trentina. Forse leggermente sovrappeso ma si sa, nessuno è perfetto. Sono diventato il suo cocco perché quando mi ha chiesto come mai un uomo col mio aspetto fisico e la mia istruzione fosse diventato un serial killer, le ho risposto: "Sa com'è, ero disoccupato. Qualcosa bisogna pur fare per ingannare il tempo". Dopo una decina di incontri è riuscita a capire, frugando tra gli scampoli della mia infanzia che la memoria ha risparmiato, il motivo che mi ha spinto a uccidere. Io odio e odiavo la minestra. Mio padre, un magistrato integerrimo, per costringermi a mangiarla soleva dire: "O mangi questa minestra o salti questa finestra". Visto che abitavamo al piano terra in una villetta di via Costanza, mi chiudeva in cantina. Avevo paura. Tremavo attorniato da quei bauli minacciosi. Così, una volta divenuto grandicello, ho deciso di restituire al mondo la paura che avevo provato. Ho cominciato ad aggredire sconosciuti per strada sperando che morissero di paura solo vedendomi saltar fuori all'improvviso da un vicolo cieco. Non morivano di infarto. La cosa mi infastidiva, mi frustrava. Allora dicevo loro: "Muori subito o ti ammazzo", la mia versione di "O mangi questa minestra o salti questa finestra". Mai una volta che sia venuto loro un colpo. Non morivano subito, così sono stato costretto ad ammazzarli. Non so chi, tra me e lo Zodiaco, abbia motivazioni più valide. Ma siamo amici. Un giorno lo Zodiaco ha chiesto al macellaio della Bovisasca quale fosse il suo ascendente. Il macellaio, un ex perito elettrotecnico insoddisfatto del suo lavoro, gli ha risposto Capricorno. Proprio quello che lo Zodiaco stava cercando da tempo. Senonché lo Zodiaco sprovvisto di martello non vale una cicca. E il macellaio della Bovisasca è alto due metri. La lotta era impari. Sono intervenuto. Lui ce le ha suonate a tutti e due. Sia le batoste che le vittorie accomunano. Da quel momento, siamo inseparabili nonostante l'abisso culturale che ci separa: lo Zodiaco legge solo il calendario astrologico, io, quello, è l'unico libro che non leggo. Non perché non mi fidi della signora che lo firma ma in quanto del mio futuro so già tutto. Il mio futuro è qui. Condannato a vita alla fedeltà con la dottoressa Zuko, una specie di matrimonio. Condannato a vita allo Zodiaco, che sarà lo zio dei nostri figli naturali. La vita non è la ruota della fortuna. La vita è la routine della sfortuna.

Non c'è niente di certo, a parte la morte. Per questo ammazzo: per avere delle certezze. Credevo, temevo di dover passare la vita all'"Henri Landru" prima che ripristinassero la pena di morte. Invece io e lo Zodiaco siamo evasi. Non è stato difficilissimo. È bastato calcare la mano della dolcezza con la dottoressa Zuko. Le ho detto: "Sai che sono guarito, tu lo sai perché mi conosci. Accetto l'ineluttabilità della mia condanna, ma sai una cosa? Mi piacerebbe uscire di qui almeno per un paio d'ore. Vorrei portarti al cinema, poi a mangiare una pizza. "Fa già quattro ore" ha risposto la dottoressa Zuko pragmatica. Sono stato costretto a sfoderare tutto il mio lirismo, quello che papà, che Dio l'abbia in gloria, chiudeva in cantina con me. "Posso dirti una cosa, Imma? Tu sei lo specchio in cui si riflettono i miei desideri, sei la favola che non mi hanno raccontato, sei il tendone del circo in cui la mia anima fa acrobazie. Mi fai sentire circense. Voglio essere sia il tuo clown che il tuo domatore. Voglio raccogliere l'applauso dei bambini felici per dedicartelo. Sono stato una belva feroce, ora voglio essere il resto del circo." Ci è cascata. Una pera cotta. So usare le parole come il coltello. *Dulcis in fundo,* ho parafrasato me stesso: "Amami subito o mi ammazzo". Ha accettato, l'ingenua. "Vabbé, cinema e pizza, è andata." "Senti Imma, sai che ti amo, no? Un'ultima richiesta. Lo Zodiaco dovrebbe uscire con noi." "Sei matto?" "Sì, se no non sarei qui." "Perché vuoi un terzo incomodo?" "Tu lo chiami terzo incomodo, ma per me è diverso. Un ragazzo serio non esce mai senza il suo chaperon." Sono riuscito a vincere le barriere di una sua, peraltro giustificata, diffidenza. Imma ha firmato un permesso di quattro ore al di fuori della prigione-nido in cui gli assassini infantili sono assistiti contro la loro volontà. Il direttore dell'"Henri Landru" non ha avuto niente da obiettare. Lo Zodiaco e io, quando vogliamo, sappiamo fingere come se fossimo in campagna elettorale. Non appena usciti dal Landru, lo Zodiaco le ha domandato a bruciapelo: "Di che segno sei?". Imma ha risposto: "Gemelli". "Un segno duplice" ha commentato lo Zodiaco, prima di tagliarla in due con un coltello da cucina sottratto furtivamente al cuoco ubriacone dell'"Henri Landru". "Potevi risparmiarla, era la mia fidanzata." "Cosa conta di più, una fidanzata o un amico?" "Di fidanzate ne hai quante ne vuoi, gli amici si contano sulle dita di una mano." "Di che segno sei?" Gli occhi febbricitanti mi hanno fatto capire che stava diventando pericoloso. "Del segno di Zorro." Si è tranquillizzato. Meglio così. Aveva il coltello dalla parte del manico.

Fuori ci siamo scoperti meno amici. Perché ognuno di noi rispetto ai canoni dell'uomo medio era già "fuori" di suo. Ma quando eravamo dentro (all'"Henri Landru", *of course*) l'essere "fuori" ci aveva unito. Però, una volta giunti nei labirinti del fuori, sia io che lui abbiamo preferito tenerci tutto dentro. Avevamo constatato che al di là delle mura non eravamo amici. Solo complici. Io trovavo stupido quel suo uccidere sconosciuti in base al segno zodiacale. Lui avrà ritenuto idiota il mio "Muori subito o ti ammazzo". Come ogni coppia che si rispetti, abbiamo avuto la nostra crisi. C'erano troppe tentazioni in giro perché tra noi funzionasse. Il mondo per lui era diviso in dodici segni. Per me, invece, tra quelli che muoiono subito e gli altri a cui dare il colpo di grazia con l'aiuto di una mannaia. Ho accettato di andare a bere una cosa con lui anche perché ogni addio merita almeno un brindisi. Mi ha portato in un locale sui Navigli. Un omarino di un metro e cinquanta, con le orecchie a sventola e gli occhiali da ragioniere si è avvicinato: "Ehilà Zodiaco, anche tu da queste parti?". Lo Zodiaco mi ha bisbigliato in un orecchio: "Sii rispettoso, sembra una mezza cartuccia, ma è la Belva della Borletti". Ne avevo sentito parlare. Un ragioniere, remissivo solo in apparenza, il suo hobby consisteva nel dilaniare segretarie e fattorini. "Piacere, Jacopo Mortis." "Lo Squartatore del Giambellino? Congratulazioni." "Lei mi confonde" risposi con finta modestia. Lo Zodiaco mi introdusse agli altri avventori. Erano presenti, tra gli altri, il dottor Morte, la Saponificatrice di Corsico, Il Vampiro della Comasina, l'Orchessa nera, un transessuale di colore che ne aveva fatte di tutti i colori. Confusi tra la folla, noi artisti della doppia personalità, una peggio dell'altra, scambiavamo complimenti ipocriti. Non che i normali fossero meglio quanto a ipocrisia. Si cornificavano con lo sguardo, si leccavano i piedi per un avanzamento gerarchico. Noi, a nostra parziale scusante, avevamo avuto un'infanzia del put. Sui nostri binari, traumi, non treni-ni elettrici. Loro soffrivano di una malattia perniciosa, il vizio dell'agnello, scoperto dal dottor Totem, eminente scienziato pazzo, l'opportunismo con le zanne, più letale dei nostri coltellacci. Ci siamo separati con un arrivederci sperando di non vederci più.

In un mese di latitanza (sono un tipo molto ricercato, come diceva Petrolini) ho ucciso un postino, due turisti giapponesi, un docente universitario, tre moschettieri, sette samurai, tre sorelle, sette fratelli che hanno fatto una certa resistenza. Un'ecatombe. Nessuno di loro voleva morire subito. Non che sia atipico. L'uomo in genere si rifiuta. La polizia brancolava e inciampava nei cadaveri. Sfogliando i giornali mi sono reso conto che anche lo Zodiaco non era rimasto con le mani in mano: un Acquario ascendente Pesci, un Leone ascendente Sagittario finiti a martellate, erano un chiaro segno del suo passaggio. Quel tanghero del mio ex amico ha anche scritto una lettera alla polizia. Dal tenore della sua prosa era evidente che stava perdendo il controllo. Mi seccava l'idea che lo prendessero. Quando eravamo ancora amici ho commesso la leggerezza di rivelargli il mio rifugio: via dei Ciclamini al 123. Ho vissuto giorni di angoscia in attesa che la pula bussasse alla porta della pensione "Sorriso", un albergo a ore in cui non ti chiedono i documenti, anzi, se glieli porgi per farti registrare, si insospettiscono. Hanno bussato alla porta. Toc toc. "Chi è?" Sudavo freddo. "Lo Zodiaco." Gli ho aperto. Era ridotto uno straccio. Non che prima fosse un Adone, ma adesso sembrava Ulisse dopo vent'anni di navigazione senza farsi la barba. "Che ti è successo Zodiaco?" È scoppiato a piangere. "Non me ne parlare. Non ce la faccio più. Mi sei mancato." Un attimo di gelo. Un silenzio insostenibile inframezzato dai gemiti degli altri clienti della pensione. "Di' Zodiaco, non è per caso che ti sei innamorato di me?" "Lo ammetto." Notando il martello che gli spuntava dalla sahariana ho cercato di essere conciliante. "Anche tu mi piaci, abbiamo molte cose in comune, morti ammazzati, evasioni, ossessioni infantili. Ti voglio bene, ma non funzionerebbe. Guarda, ti faccio una proposta: facciamo una bella cosa, restiamo amici." Lo Zodiaco ha sorriso comprensivo. "Come vuoi Jacopo, ma almeno dimmi la verità, tra amici si usa, no? Di che segno sei?" È stato lì che ho capito dove voleva arrivare. Si stava comportando come quelli che, pur di portarti a letto, ti giurano eterno amore. Solo che lo Zodiaco se ne fregava del mio corpo vivo. Le lenzuola sotto cui mi voleva erano un sudario. Si era incaponito nel fare di me la sua prossima vittima. A rigor di logica non potevo dargli torto. Non capita tutti i giorni a un maniaco omicida di far fuori un altro assassino psicopatico. Basta con queste vittime banali, quelle che dopo averle uccise te le dimentichi. L'unica soddisfazione che ti danno è numerica. Le ammonticchi sul tuo cammino come un playboy mortifero. Sono corpi usa e getta. Non conta la quantità, conta la qualità, e io, ammetterete, ero un bel bocconcino. Lo Squartatore squartato, roba da entrare negli annali di criminologia. La miglior difesa è l'attacco: sono balzato alla gola dello Zodiaco e gli ho detto: "Muori subito o ti ammazzo". Si è rifiutato di schiattare d'infarto e sono stato costretto a eliminare l'unico amico che abbia mai avuto. L'ho fatto a pezzi che ho infilato nella valigia sottratta a un turista giapponese ucciso in precedenza. Con la morte nel cuore e il morto nella Luis Vuitton sono uscito a prendere una boccata d'aria.

Verso sera sono tornato al bar sui Navigli per un bicchierino che mi tirasse su. La Belva della Borletti doveva essere un habitué. "Come sta, Mortis carissimo?" "A pezzi" gli ho risposto, pensando allo Zodiaco. "Posso offrirle qualcosa?" Ho accettato di buon grado. Benché non mi fosse molto simpatico ci siamo seduti a bere e a parlare come due vecchi amiconi. Amicizie da bar, s'intende, durano lo spazio di un grappino. L'ultimo. In questo tipo di amicizie, che finiscono con un solenne mal di testa e altri postumi, non esiste l'ultimo bicchiere, solo il penultimo. Ci siamo ubriacati come due maiali. La Belva della Borletti reggeva i drink meglio di me. Si è offerto di accompagnarmi a casa sua. Mi ha offerto un letto. Pur essendo in una sorta di torpore alcolico, l'ho sentito armeggiare in cucina. Mi si è presentato armato di sega e animato da furia omicida. Meno male che ero il doppio di lui. L'ho ribaltato con uno schiaffone e gli ho messo le mani al collo. "Muori subito o ti ammazzo." Neanche lui è morto subito. L'ho sminuzzato e messo in un beauty-case (era molto più piccolo dello Zodiaco). Mi sono allontanato dal suo ordinatissimo bilocale e sono sceso in strada. Sudavo, un po' per la faticaccia, un po' per lo stress. Fuori dal palazzo di via dei Grimani un tale attendeva sotto un lampione. Qualcosa gli luccicava in mano: un bisturi. L'ho riconosciuto. l'avevo incontrato al bar. Il suo nome di battaglia era dottor Morte, un omone di un metro e novanta espulso dall'ordine dei medici perché operava gente sanissima senza anestesia e contro la loro volontà. Mi è corso incontro brandendo lo strumento chirurgico. Ho mollato le valigie e mi sono dato alla fuga. Il dottor Morte aveva le gambe lunghe, ma per fortuna pochissimo fiato. Durante la mia folle corsa (la corsa di un folle) in un vicolo ho schivato di misura un morso alla giugulare del Vampiro della Comasina, che, tra l'altro, era fuori zona. In viale Misurata ho chiesto aiuto a un "travesta" che stava aspettando clienti. "Vieni, andiamo in macchina." Stavo per accettare, quando l'ho riconosciuta, l'Orchessa Nera, viado specializzato in lavori di bocca e di machete. Me la sono data di nuovo a gambe. In piazza Napoli al posteggio c'era un taxi. Gli ho dato l'indirizzo di casa.

Casa dolce casa. L'unico posto in cui sei veramente al sicuro. Non c'è bisogno del caminetto per provare calore. Casa mia è l'istituto per la rieducazione dei mostri "Henri Landru". Mi hanno accolto a braccia aperte. Adesso che la dottoressa Zuko non è più, il suo posto è stato preso dalla dottoressa Franceska Stein. Meno appariscente ma con un bel personale. Le ho spiegato i miei problemi più recenti. "Non so perché, cara la mia psichiatra, ma lo Zodiaco e la Belva della Borletti hanno cercato di uccidermi. Sono stato costretto a squartarli. Le dirò di più, per strada sia il dottor Morte che l'Orchessa Nera avevano le stesse intenzioni." Lei ha preso appunti e poi mi ha illuminato: "E lei si stupisce, mio buon Mortis? Non ha ancora capito? Il cosiddetto mostro è, in realtà, una vittima. E lei, come tutti i mostri, non fa eccezione. Solo che nel suo caso, al di là di pastoie sociologiche, più che una vittima della società o di se stesso, è una potenziale vittima di altri mostri. Del resto, anche lo Zodiaco e la Belva sono state sue vittime, se non sbaglio. Qui dentro va tutto bene, ma è fuori di qui che i mostri si scatenano". Sono passati sei mesi e non sono più uscito da queste mura. Mi sono messo insieme a Franceska. Sotto il camice non porta biancheria intima nonostante l'aspetto verginale. Io fuori non ci vado. Sono un mostro, mica un fesso.

# X.

DOTTORESSA B: *Su, su, non faccia così.*

IO: *Era vergine, si rende conto? Io ho trentaquattro anni, lei sedici, e per quanto fosse consenziente mi sembra di aver abusato della situazione mentre è la situazione ad aver abusato di me.*

DOTTORESSA B: *Non la facevo così preoccupato per la differenza d'età o la rottura di un imene. Meglio con lei che con un mediocre, no?*

IO: *No. Non mi preoccupo dell'età. Quanto alla verginità è una cosa di cui liberarsi prima che ci si appiccichino dei valori che non ha.*

DOTTORESSA B: *E allora?*

IO: *Avevo giurato a me stesso che avrei evitato una ragazza vergine. Preferisco essere definito un "bel ricordo" che non un "errore". Non mi preoccupa la rottura dell'imene, quanto quella del mio giuramento. Pensi cos'è successo a...*

## *E dopo un numero imprecisato di Gin Tonic che chiameremo "X"*

*Fiaba d'azione*

E dopo un numero imprecisato di gin tonic che chiameremo X, Leone perse la sua verginità. "Perdere" è improprio, vago, non "assodabile". Uno perde il portafoglio sul metró... o così si illude... forse glielo hanno sfilato nell'ora di punta, forse l'ha dimenticato nella tasca della giacca della notte prima.

La verginità, la verginità maschile, quella del leone, si può certo perdere, ma è difficile che venga scippata o dimenticata in un paio di mutande. Proprie. Tutt'al più ne rimane il ricordo in un paio di mutande altrui. In ogni caso, alla bella età di trentadue anni, Leone, dopo un numero imprecisato di gin tonic che chiameremo X, lasciò la propria verginità in qualche posto e il giorno dopo, tra i nebulosi postumi di sbornia, si rese conto di averla persa.

Dopo un numero imprecisato di Alka Selzer, il mal di testa fu sedato e Leone, nudo come quel verme che gli ballonzolava tra i testicoli e i rimorsi, si rese conto di non essere più "Casto". Il rimorso lo assalì a tradimento. E se il mal di testa fosse stato una conseguenza inevitabile dell'atto sessuale invece che dei gin tonic? Che ne sapeva lui? Era la prima volta che si sbronzava di gin tonic, ed era soprattutto la prima volta che fornicava, scopava, si accoppiava. Non poteva definirlo "fare l'amore", in quanto di "amore" non si era trattato visto che Leone non si ricordava nemmeno bene con chi si fosse coricato, sempre che non l'avesse fatto in piedi.

Ora, visto che Leone aveva trentadue anni, il primo commento di un altro nelle stesse condizioni, sarebbe stato: "Era ora". Leone no. Non Leone. Leone era speciale: all'età di cinque anni aveva solennemente giurato al dio Sole che sarebbe stato per sempre un seguace della Luce e che mai avrebbe permesso a una parte di sé, fosse pure il pene, di entrare in un antro buio e pericoloso, quel tunnel misterioso come un'anima, quel vicolo cieco, quel binario morto, quella culla tenebrosa che si apriva, o meglio, che stava socchiusa un po' sotto l'ombelico degli esseri di sesso femminile.

Fino ai trentadue anni Leone era riuscito a prestar fede al giuramento. I giuramenti dei bambini sono i più facili da mantenere. I bambini, al contrario degli adulti, ci credono mentre li fanno e hanno paura che se non li mantengono qualcosa di terribile possa accadere: un mostro può uscire da sotto il letto e Leone, purtroppo, dormiva in un letto a castello nella parte sotto. Il mostro, quindi, avrebbe aggredito subito lui mentre quello spergiuro di suo fratello avrebbe continuato a russare amorale e imperterrito, nel lettino di sopra infischiandosene delle sue urla e dei suoi giuramenti.

Leone era basso ed era in basso, nel letto a castello incantato. Per questo doveva rispettare il giuramento fatto. Suo fratello era più alto e dormiva nel lettino più in alto e per lui un letto a castello erano solo due lettini sovrapposti. Mamma e papà ebbero poi due gemelli di statura media, ma loro dormivano in un'altra stanza. Al riparo da mostri e da giuramenti al dio Sole.

Così quel mattino, dopo un numero imprecisato di gin tonic che chiameremo X, Leone si disse: "Ho trentadue anni. Ho mantenuto il giuramento sino alla scorsa notte. L'ho violato, è vero, ma nessun mostro è uscito da sotto il letto...". Leone si chinò immediatamente per guardare sotto il letto nel caso il mostro stesse ancora dormendo e non si fosse ancora accorto di lui. Non c'era. Non c'era niente, a parte una pantofola. Chissà dov'era l'altra. Forse gliel'aveva rubata Cenerentola, o come cavolo si chiamava la coprotagonista della sua mezzanotte passata. L'Alka Selzer fece effetto e Leone, guardandosi allo specchio, scoprì un nuovo Leone.

Un uomo nuovo. Fisicamente sembrava lo stesso, ma c'era qualcosa, oh, sì, che lo faceva sentire diverso. Era sempre tracagnotto, con una cascata di capelli lisci, ondulati e due occhioni verdi. Ma aveva scoperto, finalmente, di poter infrangere un giuramento senza che nessun mostro uscisse da sotto il letto istigato dal vendicativo dio Sole. Era libero come l'aria e, nel suo genere, bello come... stava per dire come il Sole.

"Solo che il dio Sole era solamente un soliloquio." Lo ripeté a gran voce perché la frase gli era piaciuta e, ripetendola un numero imprecisato di volte che chiameremo X, sarebbe diventata vera. Il dio Sole non c'era. Non esisteva. Che voglia di cantare. Che voglia di ammaestrare i pipistrelli. Perché forse i pipistrelli abitavano quella grotta buia che lui, la notte prima, aveva esplorato.

Il mondo era lì, in basso, e lui non se ne era mai accorto, né se lo era mai goduto. Non era felice tanto per il rapporto sessuale, aveva bevuto così tanto che non ricordava nemmeno se gli fosse piaciuto, quanto perché aveva scoperto di essere libero. Libero di fare e di non fare.

Aveva vissuto male la fede nel dio Sole. Era stato probo ma non felice, Casto ma non Polluce. Aveva creduto all'inferno e al paradiso, ma il paradiso del dio Sole era caldo come il sole, infuocato come il sole, e con tutte quelle fiamme... gli era sembrato l'inferno.

Ora era giorno e fortunatamente pioveva. Niente sole in vista. Avrebbe mollato il lavoro. Avrebbe seguito per il mondo la stagione delle piogge per non farsi mai più sorprendere dal sole. Non solo dal dio Sole, ma proprio dal Sole-Sole. Magari erano parenti.

Quel giorno decise di lasciare il lavoro e di cambiar vita. Sarebbe passato in ufficio, avrebbe dato le dimissioni, e con la liquidazione si sarebbe comperato un ombrello. Un simbolo fallico e uno strumento per godersi tutte le piogge senza prendersi la broncopolmonite. Leone decise che da quel momento in poi avrebbe seguito le proprie inclinazioni e quelle del proprio pene. Basta con il Leone introverso, depresso, che passava inosservato. Decise di andare subito in ufficio.

Leone, essendo un tipo che passava inosservato, non per nulla di lavoro faceva l'agente segreto. A inizio carriera era una nullità, uno zero. Ma così ha iniziato anche zero-zero-sette. Il suo superiore gerarchico lo accolse con un: "Maledetta pioggia. Cos'hai da ridere come un deficiente, Tigre?". Lo chiamava sempre "Tigre", non riusciva mai a ricordarsi il suo vero nome.

"Niente signore. Cosa devo fare oggi?"

"Mah... la solita routine: mettere una bomba su un treno e rivendicare all'Ansa l'attentato a nome dei..." cercò con le dita gonfie di spiegare un bigliettino, "...brigate..., merda, che scrittura, non riesco a leggere se c'è scritto nere o rosse... Ci vedi... Tigre?"

"Sì signore."

"Che c'è scritto?"

"Fucsia, signore."

"Bah, non sanno più cosa inventare. Non capisco perché ci costringano a incontrarli sempre al parco come spacciatori, checche o pensionati... e poi oggi piove, merda... Comunque, Leone, ci vai sì o no?"

"Ci vado, ci vado."

Si salutarono sotto una pioggia, favolosa, per Leone, di merda per il suo superiore gerarchico. Leone, con la sua bella bomba, si recò alla stazione ferroviaria. Quel giorno, il primo dopo tanti anni, si sentiva allegro. Non aveva nessuna voglia di mettere una bomba. Oltre tutto quel giorno, contrariamente al solito sul metró non si sentiva inosservato. Gli sembrava che le ragazze, le vecchie, le donne tutte, notassero per la prima volta i suoi occhi verdi, la sua patta negligentemente abbottonata, e la bomba che celava nel sacchetto di un supermarket. Al bar della stazione attese l'arrivo del treno su cui mettere la bomba. Ordinò un gin tonic. Poi un altro... e un altro ancora. E dopo un numero imprecisato di gin tonic che chiameremo X, decise di gettare la bomba in un water e di tirare la corda, facendone una bomba inesplosa un po' come lui fino ad allora. Poi di tagliare la corda. Naturalmente, perché non gliel'avrebbero fatta passare liscia.

Per una strana serie di ragioni, il non mettere una bomba è una colpa maggiore che mettere una bomba. La sua unica consolazione nella fuga era che probabilmente sarebbe passato inosservato come sempre. Uscì dalla stazione e spuntò il sole a tradimento. Ma come... il dio Sole non c'era, no?

Rettifica: IL DIO SOLE C'ERA

Leone sentì un'erezione prepotente fuoriuscirgli dai calzoni. Un'erezione irresistibile, immotivata. Il dio Sole c'era e lo stava punendo. Lo puniva rendendolo "riconoscibile". Lui che era sempre passato inosservato, orgogliosamente, malinconicamente inosservato, si ritrovava ora con un pene gigantesco. "Chi di spada ferisce, di spada perisce." Leone prese un taxi. L'erezione si placò. Il taxista non lo guardò neanche in faccia. Scese dal taxi e, mentre pagava la corsa, di nuovo una spropositata autonoma erezione. Il taxista lo avrebbe riconosciuto tra mille.

Leone arrivò all'aeroporto che l'erezione era scomparsa. Prenotò un volo per l'Irlanda e un'altra volta, improvvisamente, il suo pene divenne Excalibur, la Tour Eiffel, la Marcia su Roma.

L'aeroporto intero seppe. Le erezioni duravano un minuto circa. Si affllosciavano per riesplodere, nichiliste, qualche tempo dopo. Sotto il metal detector si rimanifestò e lo fermarono per accertamenti: "Ce l'aveva di ferro" commentarono poi gli addetti ai lavori. Leone, in un bagno di sudore, salì sull'aereo e volò via.

...lì sì. In Irlanda si sarebbe potuto rifare una vita. Ma poi perché farsene una nuova quando non aveva ancora usufruito della vecchia, se non biologicamente, e anche lì, senza riproduzione? Basta bombe, basta sole. Onan? mai visto né conosciuto.

Leone dormì in tenda, in un sacco a pelo. Mai più su un letto da cui il mostro avrebbe potuto ghermirlo. Conobbe due ragazze. Bionde. "Ma in Irlanda non sono rosse?"

"E i Leoni, non sono in Africa?"

Spiritose anche. Con gli occhi verdi come i suoi. Ne scelse a fatica una. L'altra si offese un po' e se ne andò. Leone decise di sperimentare per la seconda volta il sesso. Niente. Non ci fu niente da fare. La Tour Eiffel si era trasformata nelle rovine di Pompei. Le dodici fatiche di Ercole... ma fu tutto inutile. Il dio Sole era veramente vendicativo: gli programmava erezioni sempre, tranne quanto lui ne aveva voglia. Leone ritentò con la seconda ragazza. La prima si offese. Un po'. E dopo un numero imprecisato di gin tonic che chiameremo X, si ritrovò al punto di partenza.

Nel frattempo, la non notizia della non bomba non esplosa si diffuse. La CIA lo disse alla DEA. La DEA lo disse a sua zia. Il paese è piccolo e l'agente (segreto) mormora. Identificare Leone non fu difficile. Quanti uomini come segno particolare hanno un'erezione gigante a intermittenza? Un martedì un signore che stava facendo equitazione, un cavaliere, vide un tipo basso e scalcagnato che correva nei prati usando il proprio pene smisurato come una retina da farfalle. L'entomologo del cacchio. Il cavaliere denunciò la cosa a un tale che andava a piedi e faceva il giornalista. Leone finì sui giornali e... peggio ancora, sul Guinness dei primati. Il suo grasso ex superiore gerarchico gli mandò un altro Tigre con un'altra bomba.

Sotto un sole orrido e splendente, Leone correva nudo nella foresta vagheggiando vagine. La barba gli era cresciuta in barba alla sua virilità espressa ma non controllata. Il mostro non era sotto il letto. Era altrove. Leone vide il killer speditogli dal suo superiore gerarchico aggirarsi tra le frasche munito di bomba, e guardingo come se da un momento all'altro un mostro potesse saltare fuori dal letto d'erba.

Era un altro povero disgraziato come lui, ma l'istinto di sopravvivenza indusse Leone ad avvicinarglisi alle spalle. Il killer armato stava per reagire, quando Leone ebbe un'erezione. Il killer, sentendosi un corpo estraneo puntato alla schiena, alzò le mani dicendo: "Mi arrendo. Non sparare". A quel punto Leone si rese conto del proprio potere. Il dio Sole, presuntuoso come tutti gli dei, aveva sottovalutato la propria opera, abbandonandola a se stessa con il solo divieto di non ingrossarsi quando era eccitata.

Ma il pene di Leone avrebbe potuto diventare, così com'era diventato un'arma, una risorsa? Leone ci avrebbe potuto trivellare il suolo per trovare il petrolio. Leone avrebbe potuto usarlo appendendogli in cima bottiglie, formaggi e cornamuse, come albero della cuccagna nelle feste di paese. Leone avrebbe potuto partecipare alle Olimpiadi nel salto con l'asta. Leone avrebbe potuto fare il cameriere in una pizzeria e trasportare dodici pizze contemporaneamente.

Il mondo era suo. Non proprio ai suoi piedi, ma un po' più in alto. Leone, nella foresta, sarebbe potuto diventare una specie di Robin Hood. Un Robin "Nude". Un Tarzan. Niente sesso, certo, ma a questo c'era già abituato da trentadue anni. Visto che, nonostante le bombe che aveva messo in gioventù, Leone in fondo di indole era buono, lasciò andare il killer dei servizi segreti.

Il killer si voltò per ringraziarlo e Leone riconobbe suo fratello, quello che dormiva sul lettino superiore.

"Tu?"

"Tu?" Si dissero. Adesso erano alti uguale, ma forse è la vita, non la morte, che livella tutto. I fratelli si riabbracciarono, due potenziali Caino divenuti due Abele e, separandosi per sempre, giurarono di dimenticarsi reciprocamente.

Il superiore gerarchico di Leone morì, investito da un carro funebre. Il ciccione attraversava lentamente la strada, ma nella vita c'è sempre qualcuno più veloce. Il carro funebre rallentò. Qualcuno, nel corteo funebre rallentò. Qualcuno, nel corteo funebre, inciampò su qualcun'altro. Il guidatore scese e con delle corde assicurò il superiore gerarchico di Leone al tetto del carro funebre. Come fosse una tavola da wind-surf.

E Leone? Leone restò in Irlanda dove spesso pioveva. Fece domanda all'Ira che lo assunse a patto che lui, ogni tanto, mettesse qualche bomba qua e là. Leone tentennò prima di accettare. La routine lo perseguitava. Il dio Sole lui, assisteva impotente, agli exploit di Leone che non poteva far l'amore per carenza di erezioni al momento giusto, ma che al contempo era molto amato essendo diventato una leggenda.

Quanto al sesso, beh, non ditelo al dio Sole, ma una sera in un pub di Belfast, attorniato da ammiratrici che si erano accorte che Leone possedeva i più begli occhi verdi della zona, in un letto senza mostri sotto, alla simbolica preoccupante età di trentatré anni... e dopo un numero imprecisato di gin tonic che chiameremo X...

## XI.

DOTTORESSA B: *Le devo dare una brutta notizia: mi trasferisco in Nuova Zelanda. Era un po' che volevo andarci, ma mi seccava abbandonare i miei pazienti. Sono riuscita a concludere tutte le terapie. È il momento. Mi mancheranno i nostri incontri, non vorrei che dopo i successi ottenuti lei ricominciasse a sentirsi solo.*

IO: *Non si preoccupi. Anche lei mi mancherà, ma non sono solo. Siamo almeno in tre.*

### *Io, non io, neanche lui*

Il giorno in cui chiusero le case chiuse, mio padre disse: "Ho chiuso" e si sposò. Sposò mia madre che era, tra l'altro, un tipo "chiuso", il chiodo fisso di mio padre. Quand'ero piccolo, mio padre mi prendeva a cavalcioni, correva per la casa incurante di cristalli e di Limoges come solo un bufalo sa esserlo. Il mio scroto piccolo (allora, ora non più) cozzava sul suo collo taurino. Mio padre scambiava le mie urla di dolore per grida d'entusiasmo e continuava, vecchio bufalo, la sua possente corsa. Non feci in tempo a dirgli che odiavo montare a cavalcioni perché mi rompeva le balle e non solo in senso figurato.

Mio padre morì prima che potessi dirglielo. E comunque, forse, non glielo avrei mai detto. Comunque. Mio padre morì che ero un bambino. Mi teneva sulle ginocchia e mi raccontava cose che mia madre non sapeva. Di case chiuse. Di "pensionanti" dal cuore d'oro e dalle cosce di seta. Non le ha mai chiamate puttane, ma credo che mio padre non abbia mai usato la parola puttana in vita sua. Non diceva "porca puttana", diceva "accipicchia". Spalancava voragini, sradicava alberi risparmiando solo i passerotti. Era un uomo mite e violento. Non aveva mai lavorato in vita sua: apparteneva a un tempo in cui "lavorare era una cosa da lavoratori". Aveva trent'anni più di mia madre e viveva in un suo secolo di feudatari. Uomini che disprezzavano il denaro e si dedicavano allo studio (mio padre era laureato in qualcosa, ma avrebbe potuto essere laureato in tutto).

Una delle ultime cose che ascoltai sulle sue ginocchia o a cavalcioni non ricordo, diceva più o meno: "Ti parlo così, ascolta, perché sei ancora piccolo. Non sei abbastanza grande da non capire. I grandi non capiscono perché non ascoltano. Non ascoltano più. I bambini come te, invece ascoltano tutto, si bevono tutte le parole che vengono loro dette e quando il discorso è finito, ne vogliono delle altre perché hanno ancora sete. Ora ti dico delle cose che da grande non capirai più. Sei pronto?".

"Uauhgh" risposi, che tradotto dall'infantile vuol dire: "Spara pure, sono pronto". "Beh, nessun uomo è figlio unico e quindi non resterai a lungo figlio unico." Morì mio padre qualche mese dopo. Era un grand'uomo, ma prima che chiudessero le case chiuse, accipicchia, andava a puttane.

*Ieri*

Il *composite* è un cartoncino che usano i modelli come biglietto da visita. Ci sono in genere tre foto: un primo piano e due a figura intera, o viceversa. E i dati: altezza, taglia, colore degli occhi, misura delle scarpe, lingue parlate e sport praticati. Un riassunto. Un "reader digest" della tua avvenenza senza nessuna menzione per il tuo (eventuale) fascino.

I modelli lo mostrano o per lavoro, o per sentirsi parte di una casta, adepti di una setta. È un passaporto che solo il tempo ti può ritirare. Tre fotografie per immortalare la tua provvisorietà. I modelli li mostrano ai non modelli per sentirsi "più". Li mostrano agli altri modelli per sentirsi "uguali" e se li guardano da soli per sentirsi "almeno". Il mio diceva: altezza 183, taglia 50/52, occhi scuri, capelli castani, scarpe 44, lingue: inglese e francese, sport: kendo, boxe, equitazione, con la traduzione inglese a lato nel caso mi notasse Cecil B. De Mille o Steven Spielberg, suo nipote.

L'agenzia, una grossa agenzia di Milano, ti telefonava a casa dicendoti: "C'è un casting, un provino, domani dalle 10,30 alle 12,30 e dalle 15 alle 18 alla Bravo Film. Cercano un giovane manager (finto manager, naturalmente. Chi è il vero manager che va a un provino per una pubblicità di preservativi)". Tu andavi al provino e trovavi altri cento finti manager coi loro *composite*, tutti bellocci, altocci, talvolta alticci. Dagli americani tutti muscoli e mascelle, agli italiani tutti muscoli (la palestra è interrazziale) e sguardi. E la vita scorreva così tra un preservativo e una nuova marca di succhi di frutta, tra un fotoromanzo (fammi una faccia come per dire "sono malinconico perché domani pioverà") e una comparsata in un film con gli esterni girati a Milano e gli interni girati rigorosamente a Roma... La vita scorreva così tra bambine tredicenni destinate a diventare top model ed ex bambine trentacinquenni non ancora rassegnate a non essere diventate top model.

Della casta facevano parte studentesse liceali o universitarie che traducevano vanità in part time. Aspiranti artisti, ignoranti, eruditi, provinciali di Casalpusterlengo e di Pascal. Un mondo di fianchi stretti e spalle larghe, di seni non pronunciati ma ostentati nella pochezza. C'era gente di tutti i tipi tra cui Serge: Sergio Giudice, altezza 180, taglia 52, scarpe 42: in realtà era alto uno e 75, ma usava i tacchi. Viso paffuto da putto, occhietti maliziosi da putto vizioso, accento francese da putto vizioso francese, cui piacevano le ragazze ma si accompagnava anche a signore di mezza età. Era anche pittore, ma non avevo mai visto un suo quadro. Viveva da solo, ma la madre gli pagava l'affitto. Beveva, fumava, e si faceva due shampoo al giorno. Lo avevo conosciuto mentre giravamo una pubblicità in cui "facevamo" il ruolo di due padri di bambini che giocavano a basket inneggiando a dei succhi di frutta. "Odio i bambini" disse Serge.

Non potevo dargli torto. Eravamo in abiti invernali benché fosse estate, perché lo spot sarebbe andato in onda l'inverno successivo. I bambini giocavano a basket: "Ale. Passa... Dai Ale, passa. Passa la palla Ale...". I bambini si chiamavano tutti Ale. Io e Serge divenimmo amici accomunati dai cappotti in luglio e dal fatto di odiare gli Ale. All'inizio lui non aveva nessun accento. Man mano che la nostra amicizia progrediva, accentuava l'accento francese. Probabilmente un bluff. Ma chi va a vedere il bluff di un amico? Per Serge ogni uomo era "mon ami" e ogni donna era "ma chérie". Da perfetto "finto francese". "Sai, mon ami, ti ho visto ieri in piazza del Duomo, ubriaco. Ma non ti ho fermato, andavo di corsa." "Ti sbagli Serge. Io ieri non ero ubriaco, né ero in piazza del Duomo. Ero ubriaco l'altro ieri, ma ero alla Stazione Centrale." "Ma sì, mon ami, che eri tu" diceva Serge riaggiustandosi i boccoli con un'unghia curata.

Valerio Casadei lo incontrai sul set di *La scomparsa della comparsa.* Aveva ventidue anni ed era di Forlì. Alto, belloccio, di non eccessiva intelligenza, mostrava a tutti il suo book in cui era ritratto in pose plastiche. In tuta. In smoking. In pigiama. Ora con un sorriso, ora con un'aria che lui riteneva intensa. L'effetto era lo stesso. Valerio era il contrario di Serge. Avevano solo dieci anni di differenza, ma erano due mondi opposti. Serge ostentava l'accento francese. Valerio non riusciva a mitigare l'accento romagnolo. Sognava l'alta moda ma si vestiva di ambizioni culturali. "Mo' sai. Io per quanto sia, sì, diciamolo pure, carino, non è che ci tenga a fare il modello. Io sono più che altro un cantautore. Faccio testi sociali. Te ne faccio sentire uno. Solo le parole che non c'ho la chitarra. Le parole sono mie. Il titolo è: *W gli handicappati.*

"È autobiografico?" "No, è sociale. Fa: 'Viva gli handicappati che non sono considerati...' Bello nooh? Alla Guccini!"

"Come no. Ne hai scritti altri?" "Sì: 'Viva i drogati... che non sono considerati...' " continuai. "Come fai a saperlo... ma poi, scusa, dimenticavo... eri tu ieri a Porta Genova che ti facevi una canna?" "No, non ero io neanche questa volta."

La conferma mi arrivò quando Mariella, una modella veneziana dai capelli a caschetto, mi disse a un provino: "Ieri hai proprio esagerato sai... non sono una ragazza facile". Il miniabito di maglina verde "mangia la mela è acerba" conteneva a fatica il suo corpo snello ma vulcanico (quando lei aveva un'eruzione tu avevi un'erezione). "Figurati Mariella... tu per me sei un'opera d'arte misconosciuta. La 'Venexiana' di anonimo... L'*Anonimo veneziano.*" "Eh, ti giustifichi così eh? Ma al provino di ieri eri meno parole e più fatti." Al provino di ieri! Il giorno prima! Non c'ero. Non ero io.

Ma con Mariella c'era qualcuno che faceva, oltre a tutto, il modello. Questo qualcuno che veniva scambiato per me perché probabilmente tanto simile da sfidare l'identico. Questo qualcuno che faceva le cose che io avrei voluto, potuto, fare ma che non facevo. Questa mia copia senza vergogne. Un tempo, poco prima, neanch'io avevo avuto vergogne, poi le avevo trovate e non ero più riuscito a liberarmi di loro. Mi ero appena dato una regolata ed ecco apparire un altro... un altro io... che faceva le cose che io stavo cercando di non fare e di cui mi si attribuiva comunque la colpa. Non ebbi esitazioni. Dissi a Mariella: "Ci vediamo anche stasera?".

Naturalmente ripresi a bere, a fumare spinelli e a insidiare, o forse è meglio dire "insediare" Mariella. Quando incontravo Serge o Valerio, o persino Mariella, sostenevo di non essere stato io. Assicuravo loro che era stato l'altro con tanta veemenza che finirono col credermi. Correvo a cavalcioni sul collo dell'eccesso, come avevo corso sul grosso paterno collo di un vecchio bufalo. Dell'altro non una notizia. Sembrava che dal momento in cui mi ero rimesso in pista, lui si fosse ritirato. La voce dell'esistenza del mio *alter ego* si era sparsa al punto che se dopo una nottata di bisboccia in cui avevo distrutto un bar, importunato le clienti, evitato di pagare il conto, se il giorno seguente rientravo nello stesso bar con un doppiopetto e un'aria da prima comunione, mi bastava chiedere al barista: "Ieri è passato di qui il mio fratello gemello, quello cattivo?" per azzerare il conto. Qualche diffidente che non credeva all'esistenza dell'altro, veniva convinto dalle dichiarazioni di più testimoni.

Nessuno credeva alla mia ubiquità. Quindi, al momento del danno, ero altrove. Restituivo all'altro con gli interessi, le colpe che mi aveva addebitato, compiendone di più smargiasse e attribuendo a lui ogni irresponsabilità. Era diventato un gioco. Comparsa sì. Ma con una comparsa, la comparsa di me stesso. La comparsa che era scomparsa. Viva gli handicappati, mon ami.

Avevo solo paura di incontrare la mia comparsa, magari a un provino, perché così il gioco sarebbe finito, accipicchia, e avrei dovuto riaddossarmi le mie irresponsabilità. Tra preservativi, mon ami, succhi di frutta, viva gli handicappati, e qua e là come cacche di uccelli su una guglia del Duomo, comparsate. Lo volevo sì vivo, ma lontano, quindi inesistente. La mia curiosità di vederlo era temperata solo dalla mia paura di incontrarlo. Naturalmente finché sui giornali del pomeriggio non vidi un titolone che annunciava: "SGOZZATA COSTUMISTA". Ecco l'identikit dell'assassino. E l'identikit era il mio. Solo col viso un po' più scuro, come se l'altro si fosse fatto la lampada. Aggiunsi i dati a penna sul giornale (mancavano solo loro): altezza 183, taglia 50/52, scarpe 44, occhi scuri e capelli castani. Me l'aveva fatta grossa per ripicca. Io gli avevo attribuito le mie sbronze, i miei viaggi, le mie scopate e lui, per rifarsi, mi attribuiva un suo omicidio.

Avevo un alibi. La sera dell'omicidio ero stato con Serge e con Valerio. Ma quale giuria può credere alla parola di uno che si finge francese e di un altro che canta "Viva gli handicappati"? Ora dovevo trovarlo anch'io. Lo trovai.

*Oggi*

Era identico. Lo avevo pescato tramite la sua agenzia. Aveva i miei occhi, il mio mento, il mio naso rotto. Questa era la prova che non era uguale a me: il mio naso me l'aveva rotto un certo Miagostovich, il suo era già così. Eravamo diversi, per fortuna. "Non siamo uguali, assassino, io ho il naso rotto." "Anch'io. Me l'ha rotto un certo Miagostovich dicendomi: "Sporco bastardo, pensavo di avertelo rotto l'altra volta". "L'altra volta ero io" dissi commosso. Mi abbracciò. Lo abbracciai? Era un assassino, ma il fatto che quel porco di Miagostovich avesse rotto il naso anche a lui ci accomunava. "Sono contento. Pensavo fosse peggio." "Anch'io. Però, perché l'hai uccisa?"

"Io?... Tu, perché l'hai uccisa?" I nostri occhi erano sinceri. Tutti e sei. "Accipicchia, ce n'è un'altro" dicemmo all'unisono.

*Quasi domani*

Non trovammo l'altro. Ci trovò lui. Stavo riflettendo ad alta voce col primo altro dopo aver girato tutti i locali equivoci (se volete chiarire un equivoco tentate nei locali equivoci), stavo dicendo al primo altro: "Io pensavo che il colpevole fosse un mio *alter ego*. Ma tu sei pulito". "Anche tu sei pulito. 'Te voeuri ben' (sul *composite*: *I love you*)". Il giorno dopo ci stava per capitare. Ci avrebbero arrestati. Meglio bersi un'altra birra. Il locale era già troppo pieno. Di fumo. Di gente. Entrò un terzo uomo. Identico a noi. Il locale era sempre troppo pieno. Di fumo. Di gente. Di noi. Gli saltammo addosso, ma all'improvviso esclamò: "Assassini...". Ci fermammo in tempo. "Come assassini?..." chiesi io... "Perché ci hai chiamato assassini?" Rincalzò non io: "Perché avete (uno di voi ha) ucciso la costumista. E volete far ricadere la colpa su di me che faccio la comparsa." "Anche tu?" chiedemmo insieme io e non io. "Si, anch'io" disse – neanche lui –, e i suoi occhi erano sinceri. Come i miei e come quelli dell'altro. Ci riabbracciammo di nuovo tutti e tre. E cercammo di sondare in un effluvio di birra le nostre origini. "Mio padre era un bufalo" disse non io. "Ma mite" aggiunse neanche lui. Capii d'incanto: "Ragazzi, siamo fratelli!" e iniziai a ridere soddisfatto. "Perché ridi?" domandarono insieme "non io" e "neanche lui". "Perché quando chiusero le case chiuse, nostro padre sposò mia madre. Il che vuol dire che tra noi tre, i figli di puttana siete voi." "Accipicchia" constatarono. Serge, Valerio e Mariella entrarono nel bar, sgomitando Serge e Valerio, Mariella sculettando. Ci videro e non si stupirono di vederci insieme. Tre comparse di fratelli valgono tre comparse di amici. Serge sventolò una copia appena stampata del giornale del giorno dopo dicendo: "Mon ami" e poi interrompendosi titubante perché non sapeva più chi di noi tre fosse il suo "mon ami". Sul giornale era titolato: CATTURATO L'ASSASSINO DELLA COSTUMISTA. La foto mostrava un uomo di colore coi lineamenti identici ai nostri. Non fu razzismo, non ne siamo capaci, solo crudele senso di sopravvivenza che ci fece dire quasi insieme: "Era la pecora nera della famiglia!...".

"Accipicchia."

## Indice





*Stampa Grafica Sipiel - Milano, settembre 1999*